向二十周年校庆献礼

足迹 II

廣東工商職業學院

广东工商职业学院五年发展巡礼

ZUJI II: GUANGDONG GONGSHANG ZHIYE XUEYUAN WUNIAN FAZHAN XUNLI

莫秀全　韩治国　主编

光明日报出版社

图书在版编目（CIP）数据

足迹．Ⅱ：广东工商职业学院五年发展巡礼 / 莫秀全，韩治国主编．--北京：光明日报出版社，2016.9

ISBN 978-7-5194-2048-2

Ⅰ.①足… Ⅱ.①莫…②韩… Ⅲ.①新闻报道—作品集—中国—当代 Ⅳ.①I253.4

中国版本图书馆 CIP 数据核字（2016）第 233347 号

足迹．Ⅱ：广东工商职业学院五年发展巡礼

主　　编：莫秀全　韩治国

责任编辑：曹美娜　　　　责任校对：赵鸣鸣

封面设计：中联学林　　　　责任印制：曹　净

出版发行：光明日报出版社

地　　址：北京市东城区珠市口东大街5号，100062

电　　话：010-67078251（咨询），67078870（发行），67019571（邮购）

传　　真：010-67078227，67078255

网　　址：http：//book.gmw.cn

E - mail：gmcbs@gmw.cn　caomeina@gmw.cn

法律顾问：北京德恒律师事务所龚柳方律师

印　　刷：北京天正元印务有限公司

装　　订：北京天正元印务有限公司

本书如有破损、缺页、装订错误，请与本社联系调换

开　　本：710×1000　1/16

字　　数：163千字　　　　印　张：14

版　　次：2017年1月第1版　　　　印　次：2017年1月第1次印刷

书　　号：ISBN 978-7-5194-2048-2

定　　价：42.00元

序

二十年，弹指一挥。二十年的风雨坎坷，二十年的筚路蓝缕，二十年的执着坚守，二十年的拼搏求索。一座现代化的万人大学在北岭旅游景区迎风矗立，五万多莘莘学子走向祖国建设的各条战线。

环境优雅，百花争芳，读书怡心。顾盼有情，触目皆绿树红花，俯仰生姿，惹眼尽艳。

理念先进，特色鲜明，创新发展。厚重的是她的历史，轻灵的是她的朝气。

2011 年，适逢建校十五周年，宣传部汇编了“大学文化建设系列丛书”《足迹——新世纪十年传媒视野中的广东肇庆工商学院》（光明日报出版社出版）。2016 学院将迎来 20 周年华诞，为此，宣传部再次收集整理了五年来中央、省、市媒体对我院的报道，分学院发展大事回顾、教科研发展回顾、党建与学生管理回顾三部分，汇编成书，命名为“足迹Ⅱ——广东工商职业学院五年发展巡礼”，依旧交付光明日报出版社出版发行。

我们觉得，媒体作为第三方，报道一所学校，更加客观公正，更具有说服力。

五年来，“肇庆工商职业技术学院”升格“广东工商职业学院”；五年来，“广东省大学生创新创业教育示范学校”桂冠加冕；五年来，占地283亩的国家级大学科技园在大旺高新区落成运营；五年来，教学科研再上层楼，党建与学生管理更加规范成熟。

这部书，记载了广东工商职业学院五年追云逐梦的创业史、创新史、探索史、奋斗史和发展史。是一首波澜壮阔的史诗，是一扇风光旖旎的窗口，也是一部惊心动魄的壮丽乐章。

让我们在庆祝建校二十年华诞的美好时刻，一起翻读“广东工商”五年历史，共享今日荣光，憧憬明朝辉煌。

编者

2016年6月

目　录
CONTENTS

一、学院发展大事回顾

2011 年

肇庆首届新闻和经济人物评选揭晓　维和使者入选 ………… 3
确保明年实现教育强市目标 ………………………………… 4
十五载坚守　总有一种精神在支撑 ……………………… 6
广东省民办高校党建工作座谈会在工商学院召开 ………… 12
工商学院“十二五”发展规划重点完成“十大工程” ………… 13
新任干部宣誓服务师生 ……………………………………… 14
打造一两所名牌民办高校 …………………………………… 15
创建严格管理与和谐文化相统一的优质民办高校 ………… 16
工商学院院长陈烈强为学生干部讲《立志修身》 ………… 18
联办民营大学肇庆工商学院获粤诚信企业家称号 ………… 19
工商学院举行十五周年庆典 ……………………………… 20

2012 年

肇庆工商学院陈烈强院长率团来惠州经济职业技术学院
考察访问 …………………………………………………… 22
孙穗芳向广东肇庆捐赠祖父孙中山铜像 ……………… 23
新西兰黑斯廷斯市长访肇 ……………………………… 24
肇庆工商学院吹响晋升本科进军号 …………………… 25
肇庆工商学院“升本”明年迎评 ……………………… 26
肇庆工商学院“联姻”武汉大学 ……………………… 27
肇庆工商学院今日“三喜临门” ……………………… 27
广东省经济学家企业家联谊会在肇庆工商学院 ……… 29
省教育厅心理健康教育与咨询工作督导组莅肇庆工商
学院检查 …………………………………………………… 32
工商印象 …………………………………………………… 33

2013 年

美国加州硅谷大学萧凤鸣校长访问工商学院商谈合作 …… 42
埃塞俄比亚妇女代表团访肇 …………………………… 42
肇庆工商学院为雅安灾区捐款 21.6 万元 ……………… 44
异彩纷呈　撷影世界　中国艺术摄影学会精品展
在肇展出 …………………………………………………… 45
肇庆工商学院被授予广东省企业家培训基地 ………… 46
“省考”已过下月迎“国考” ……………………………… 46
工商学院举行教职工环校园健身跑比赛 ……………… 47
北岭大讲堂宣讲十八届三中全会精神 ………………… 47
本会与肇庆工商职业技术学院签署战略合作协议 …… 48
长春理工大学国家大学科技园落户肇庆国家高新区 ……… 49

2014 年

广东工商职业学院召开 2013—2014 学年第二学期干部
　动员大会 …………………………………………… 52
广东工商职业学院更名揭牌 ……………………………… 53
人才既要“明德”也要“顶用” ……………………………… 54
提升办学品位和实力　培养德才兼备人才 ………………… 57
大学的首要宗旨是育人 …………………………………… 60
奏响广东高职教育春之乐章 ……………………………… 65
广东工商学院表彰优秀教师 ……………………………… 73
广东工商职业学院新生报到创历史新高 ………………… 74
大力支持新型研发机构建设　加快建设现代科技工业城 … 74
以市场为导向的科技创新服务平台 ……………………… 76

2015 年

郭锋会见长春理工大学考察团　加强产学研合作提升
　科技创新能力 ……………………………………… 78
工商职业技术学院谢建平:办人民群众满意的学校 ……… 79
广东工商职业学院荣获省首批创新创业示范校殊荣 ……… 80
广东工商职业学院与电商老 A 签约 ……………………… 81
华南电商孵化加速产业园落户广东肇庆 ………………… 82
广东省经企联领导考察广东工商职业学院 ……………… 84
现场检查珠三角“九年大跨越”新进展 …………………… 85
广东工商职业学院获得 2015 年省级民办教育发展
　专项资金 …………………………………………… 87
省科技厅厅长到我市调研 ………………………………… 88
工商学院庆祝教师节　表彰先进集体和个人 …………… 89
广东工商职业学院社会科学界联合会成立 ……………… 90

广东工商职业学院召开升本工作专题会议 …………………… 92
莫秀全:为了圆梦办名校 ………………………………………… 93

二、教科研发展回顾

2011 年
争当技术能手展现专业技能 …………………………………… 105
肇庆工商学院迎来省高校思想政治理论课建设评估 ……… 106
肇庆工商学院学生参加全国大学英语四级考试 …………… 107
肇庆工商学院表彰“校企合作”先进 ………………………… 108
2012 年
陈烈强院长赴中山市港口、小榄、黄圃三镇开展校企合作
项目调研 ………………………………………………………… 109
肇庆市工商职业技术学院与中保 PICC、广东鸿图两家大型
公司签约 ………………………………………………………… 110
工商学院领导干部上讲台带动学风作风转变 ……………… 111
肇庆工商学院与蓝盾公司共建实训基地 …………………… 112
肇庆工商学院两专业榜上有名 ……………………………… 113
2013 年
校企合作结硕果　拓宽学子就业路 ………………………… 115
学校老师发明车辆节能装置称能省油四成 ………………… 116
肇庆工商学院茶文化实训基地挂牌 ………………………… 118
肇庆市哲学社会科学 2013 年度规划项目立项肇庆
工商学院 4 项获批 …………………………………………… 119
肇庆工商学院与肇庆惠翎婚纱摄影有限公司签约
建立校企深度合作关系 ………………………………………… 120

肇庆工商学院与中国联合网络通信有限公司肇庆市
分公司签署合作协议 …………………………………… 121
肇庆高新区、肇庆工商学院与长春理工大学合作共建 …… 123
2014 年
“储备干部”岗位需求大 ………………………………… 125
广东工商职业学院院长王元良出席2012级毕业生实习
欢送仪式 ………………………………………………… 126
广东工商职业学院代表队荣获“软件计算建筑与装饰
工程量”第三名 ………………………………………… 127
广东工商职业学院举办“我的创业历程”主题讲座 ………… 128
2015 年
我市首届电商实战人才培训班开班 ……………………… 129
肇庆首届电商沙龙之夜在工商学院举办 ………………… 129
肇庆市2015年度社科规划项目立项广东工商职业学院
8项榜上有名 …………………………………………… 130
电商入驻肇庆高校实现双赢 ……………………………… 131
司机大佬看过来“省油神器”有神奇 ……………………… 133
广东工商职业学院汽车维修专业的全冠学老师研发出节
油神器 …………………………………………………… 135
广东工商学院专业建设寻求新突破 ……………………… 136

三、党建与学生管理回顾

2011 年
肇庆工商学院建成广东高校首个樱花园 ………………… 141
肇庆:千株樱花绽放繁盛似锦 …………………………… 142

肇庆工商学院4作品获奖 …………………………………………… 144
工商学院《春到校园　美哉工商》校园摄影作品展览结束 …… 144
肇庆工商学院"南粤校园党旗红"系列活动圆满结束 ……… 145
工商学院志愿者走上街头"劝导文明" …………………………… 146
肇庆工商职业技术学院举办庆祝建党九十周年教职工
文艺晚会 ………………………………………………………… 147
尊师重教弘扬传统美德 ……………………………………………… 148
肇庆工商职业技术学院举行2011级新生军训总结大会…… 150
"清剿火患"进万家 …………………………………………………… 151
工商学院举办"圣诞外教联谊会" ………………………………… 152

2012年

工商学院党委举办育人系列讲座 ………………………………… 153
工商学院积极组织学生参加"粤志愿,粤快乐,共建爱心肇庆"
雷锋月活动 ……………………………………………………… 153
工商学院与各民主党派共议学校发展大计 ……………………… 154
工会组织女教职工观看《砚都风流》庆祝三八妇女节 ……… 155
他用歌声鼓励残疾儿童 ……………………………………………… 155
肇庆青年社会组织培育示范基地揭牌 …………………………… 157
"美在工商"肇庆工商职业技术学院首届樱花文化节隆重
开幕 ……………………………………………………………… 158
樱花盛开免费开放　市民游客纷至沓来 ………………………… 160
肇庆工商学院月内将开展20项技能竞赛………………………… 161
80后优秀女教师的一天 ……………………………………………… 162
肇庆多条"绿色通道"助贫困大学新生完成学业成就梦想 …… 169
肇庆工商学院千名师生诵读《弟子规》……………………………… 170
团市委学习贯彻党的十八大精神论坛在工商学院举办 …… 172

孔子“安家工商学院” …………………………………………… 173
十八大代表闫文静与工商学院师生分享参会的喜悦 ……… 174
2013 年
全省高校形势与政策课备课会在工商学院举行 …………… 175
市领导到肇庆工商学院调研要求,加强党建保障科学发展 …… 176
肇庆工商学院党委与地方“两新”组织结对共建 ………… 176
44 所民校肇庆交流群众路线教育实践心得 ……………… 177
“为了母亲的微笑”感恩教育系列活动 ……………………… 178
肇庆工商学院昨日迎来约三千名新生 ……………………… 179
肇庆工商学院新生歌声中感受正能量 ……………………… 180
2014 年
我委召开第二批群众路线教育实践活动工作交流会 ……… 182
市人大评议调研组到学校开展调研 ………………………… 182
广东工商职业学院成立明德书院 …………………………… 184
广东工商职业学院号召全院师生向毛泽东警卫员
　李连庆同志学习 ………………………………………… 186
以特色教育为契机 ………………………………………… 187
2015 年
春到工商　市民又一赏花景点 …………………………… 191
广东工商职业学院师生向孙中山先生铜像敬献花篮 ……… 192
工商学院 1500 棵樱花盛开………………………………… 193
首届“农信杯——美丽肇庆新景象”摄影大赛开镜 ……… 194
肇庆首届消防知识竞赛在广东工商学院拉开帷幕 ………… 196
“北燕南鸣”走进工商学院 ………………………………… 197
校园消防安全知识竞赛总决赛落幕 ……………………… 198
广东工商学院 25 位退伍战士复学………………………… 199

广东工商职业学院宣传工作总结大会暨记者站15周年生日晚会圆满结束 …… 200
突出重点 集中力量 攻坚克难 …… 201
星湖时尚歌舞季启幕 肇庆学子歌舞颂青春 …… 202
广东工商职业学院学子在第二届“卡西欧杯”日语演讲比赛中荣获佳绩 …… 203
19岁大学生当“飞行员”8年 …… 204
广东工商职业学院开展宿管员技能考核 …… 206

01

一、学院发展大事回顾

2011 年

肇庆首届新闻和经济人物评选揭晓 维和使者入选

中新广东网3月18日电（记者 黄耀辉）18日下午，广东肇庆首届年度新闻和经济人物评选揭晓，该市两度赴海地地震灾区的维和使者、联合国“和平勋章”获得者林观金等榜上有名。

记者现场了解到，首届肇庆新闻和经济人物涉及该市多行业，年仅13岁的2010年亚运会的金牌得主、中国女子龙舟队鼓手夏诗颖、德庆县官圩派出所沙旁社区民警、“全省优秀警察”、“肇庆市十佳卫士”聂桂清，荣获“广东省十佳民办高等院校”、“广东省高校竞争力20强”、“改革开放三十年中国民办高校十强”的肇庆工商职业技术学院创办人谢建平，广东鼎湖山泉有限公司董事长、第十一届全国人大代表、全国轻工业劳动模范、广东“肇庆市劳动模范”、“改革开放30年感动肇庆人物”等被评为2010肇庆十大新闻年度人物。

此外，该市上市公司天龙油墨董事长、打造“天龙”牌油墨、销量连续九年稳居全国水性油墨行业首位、被誉为“中国水性油墨大王”冯毅，中国移动肇庆分公司的原总经理尹启禄等评为2010肇庆十大经济年度人物。

据悉，评选活动，得到候选人和网民响应和参与，远在北京、天津、上海、张家口、南昌等外省市的网民朋友和知情人士也参与投票。

主办方称，评选投票数达50多万张，参与的广泛度、社会的关注度为少有。所有参选对象均为免费参与、宣传，主办单位不收取任何评选费用。

——2011 年 3 月 18 日广东新闻网

详见：http：//www. gd. chinanews. com. cn

徐萍华调研教育工作时要求采取措施真抓实干
确保明年实现教育强市目标

西江日报讯（记者 刘哲 特约记者 吴文颂）昨日下午，市委书记徐萍华，市委常委、秘书长张成文，副市长黄玲在市教育局和端州区负责人陪同下，走进城区校园，就我市教育事业发展开展调研。

徐萍华先后来到奥威斯实验小学、肇庆市工业贸易学校、肇庆中学、肇庆工商职业技术学院、肇庆学院，深入了解我市中小学、职业技术教育及高等教育工作情况。每到一校，徐萍华都仔细询问学校的师资情况、硬件设施、生源情况、教学特色以及办学中遇到的困难、问题等。

在奥威斯实验小学，徐萍华充分肯定该校的硬件设施建设，勉励这所年轻的学校不断完善发展。位于市工贸学校内的肇庆市职教公共实训中心是全省首个市校共建并投入使用的实训中心，该中心针对肇庆本地产业特点开展实训，学员就业供不应求。徐萍华充分肯定这种与地方产业发展相适应的办学模式。在百年名校——肇庆中学，徐萍华参观了校史展览室，寄语学校打好名校品牌。她还与该校新疆班学生亲切交谈，鼓励他们以肇庆为家，学习好、生活好。在肇庆工商职业技术学院，徐萍华对该校优良的办学环境和大力支持学生创业的做法表示赞赏。在肇庆学院，徐萍华参观了建设中的中巴软件园项目和柑桔研究基地，当得知该基地正围绕攻克困扰果农的柑桔黄龙病等病虫害进行研究时，徐萍华给予充分肯定和鼓励，认为这一课题的选择，是高校服务地方发展的充分体现。徐萍华要求，肇庆学院要突出优势，全面发展，为肇庆经济社会发展做好服务。

在座谈会上，徐萍华听取肇庆教育情况汇报及肇庆学院有关情况介绍，对近年来我市教育工作给予充分肯定。她说，全市教育系统各单位和广大教育工作者以良好的精神风貌，扎扎实实落实各项教育政策和措施，开创了教育工作的良好局面。全市教育特色明显、布局合理，特别是占高中阶段教育 52% 的职业教育，为肇庆的产业发展起到良好的推动作用。

徐萍华指出，抓好教育工作对推动一个地方经济社会发展十分重要。面向“十二五”时期的肇庆教育事业，要继续适度超前，优先发展，努力推动教育事业新跨越。当前教育工作的主要任务是采取切实有效措施，加大投入，真抓实干，确保明年实现“教育强市”目标，为教育现代化打下坚实基础。全市各级、各部门，尤其是教育系统要高度重视抓好教育各项工作，为我市尽快融入珠三角一体化发展，努力实现富民强市、建设幸福肇庆做出新的更大贡献。

——2011 年 3 月 23 日《西江日报》第一版

谢建平
十五载坚守　总有一种精神在支撑

肇庆工商职业技术学院董事长，肇庆市政协常委、肇庆市女企业家协会副会长、肇庆市工商联副主席、2010肇庆新闻年度人物……谢建平头上笼罩着无数耀眼的光环，当卸下这些光环，这张坚毅的面孔背后有着怎样的“不寻常”？她在民办教育的路上坚守了15年，15年来，融资难、征地难、招生难、升格难……困难与挑战时常伴随着她，这又有着怎样一种精神在支撑？

笔者寄望将她办学路上的细微故事和百感交集的心情凝聚于文字间，与读者共同分享、感触与动容，与她一起去关切和展望民办教育。

谈办学初衷
“教育是最高的善”

谢建平在1996年放弃了国有企业高级管理工作岗位，投身到肇庆工商职业技术学院的筹建大业中。办学前，她办公条件优越，家庭生活优厚，她的家族有10位人民教师，她本人也是老师出身，可谓书香门第。可能源于此，谢建平对教育事业情有独钟，毅然踏上了民办教育的艰辛路。

从100名学生到13000多名学生，从8名教职工到700多名，从租用的校舍到千亩校园，从3个专业到36个专业……学校先后被评为“人民满意的民办大学”“中国十佳民办大学”“中国十佳职业院校”“广东省十佳民办高等院校”“广东省高校竞争力

10 强”“改革开放三十年中国民办高校十强”等光荣称号。

谈起这些成绩，谢建平如数家珍，眼里饱含着深情。15 年来的风雨兼程，15 年来的艰苦创业，15 年来的玉汝于成。从学校第一块砖、第一片瓦、第一棵树，到如今的发展、壮大，成为千亩生态园林大学校园……一路来，都浇铸着她和工商学院创业团队的汗水与艰辛。

如今的工商学院是一所屹立在肇庆大地上的高等学府。学院依山而建，处处绿树掩映，芳草如织，花香四溢，鸟语啾啾，让人仿佛置身于景色秀丽的欧陆风情建筑大庄园。教学大楼、创业孵化中心、实训中心、素质拓展训练基地、图书馆、学生公寓、教师公寓、田径运动场、学生食堂、银行、商业网点、超市等设施一应俱全。

2002 年，工商学院两位领头人谢建平、莫秀全凭着坚忍执着的精神，凭着对教育事业的赤诚之心，感动了广东省电力度假村的领导，租借了闲置的省电力度假村作为肇庆工商学院北岭办学校区，于是工商学院北岭校区诞生了。

“之后，我们产生了继续往西边发展，征地建设新校园，办一所万人大学的想法。”谢建平回忆道。

15 年来，谢建平行走在民办教育路上的点点滴滴串联成一个感人至深的故事，这个故事关乎坚守与执着，关于奉献的信仰。

“每当看到学生在校园里读书，在球场上活跃，听到他们喊‘董事长好’，心里就高兴，这就是我的幸福。”谢建平用她敢为人先的魄力，在高等教育领域创造了一个个奇迹，用她的无私与忘我书写了一位教育家诗意栖居的大我传奇。

“教育是最高的善，我们都需要共同努力。”谢建平语气坚定。

谈校园建设

“‘大楼’和‘大师’并进”

黑格尔曾说过：如果说音乐是流动的建筑，那么建筑则是凝固的音乐。工商学院建筑的美感确实像音乐一般陶冶人的身心。

不同于以往单一的钢筋水泥建筑，工商学院的建筑巧妙地把岭南建筑风格融入了罗马柱、亭台楼宇、西瓦顶等欧陆风情建筑形式，形成别具一格的建筑特色，校园典雅、古朴又不失宁静，为学生打造一个读书怡情的良好环境。

校园的整体绿化率超过60%，三月紫荆花斗艳，桃红柳绿，四月樱花烂漫，映红怒放，八月丹桂飘香，十月秋菊争艳，十二月松柏苍翠……校园一年四季都是那么美丽。

“整天想的都是如何规划校园建设。”为了学院的建设，谢建平和莫秀全倾尽心血。为了建设好美丽的校园，她和莫秀全考察了国内外无数的大学校园，请教了不少建筑大师，购买了一本又一本的建筑资料；为了一块砖、一片瓦，她要跑佛山，跑东莞，比质量，比价格；为了绿化校园，她跑遍各地苗圃场选树苗……通往学院西区的紫荆大道，两旁的紫荆树有她亲手培的泥土；学院聚华园前的木棉树、行政楼的菩提树，凯旋门前的英雄树、凤凰树，龙山公园的樱花等都是她和莫秀全亲自选定，带领师生工亲手栽种。来视察的领导，来参观的家长、学生都是说：校园太漂亮了。

“要建就建出特色！这是百年大计啊，马虎不得！”这座花园式的校园是谢建平办学理念的一种浓缩，更是办学理想的延伸。

“‘大楼’与‘大师’并进，使工商学院成为一所高水平的知名大学。”谢建平阐述了她的治校理念。

“在为师生提供良好的治学环境外，我这个董事长主要工作就是找钱、找人，特别是要找人，要引进优秀人才。我们现在有好的学生，还要有‘大师’，这样才能形成一所好的大学。拔尖人才、优秀人才的引进和培养是一所大学发展的根本。”现在，工商学院教师队伍中硕士以上学历的占30%，副高以上职称占25%。

“人们说董事长是一所民办学校的灵魂。但我认为我们的学校还有一个强有力的领导班子，院长陈烈强和党委书记魏尚荣带领学院党政班子锐意改革，深化内涵。我们两位举办者充其量就是当好后勤部长，保证教学运行。”谢建平谦虚地说。

谈教育大爱

“大爱就是倾其所有去爱教师和学生”

一所大学，把大楼盖好了，只能说像个大学了；招来名师、大师，就是个不错的大学了。而有了大爱，才是一个名副其实的一流大学。

“大爱不需要花太多的钱，关键是心诚情真，竭尽全力，倾其所有地去爱学校的教师、学生，为他们营造一个以人为本的氛围，让他们拥有安心工作的环境。”十五年来，谢建平用实实在在的言行诠释着“教育就是爱”的真谛。

作为董事长，谢建平从来不摆架子，从来不盛气凌人，一直倡导建立绿色的人际关系。不管是教师还是职工，甚至清洁工、保安人员，她都一视同仁，她用实际行动来证明重视人才，爱护人才，努力创造条件为大家办实事，办好事。每逢职工生日，她都会代表董事会送上礼物；吃饭回来，不忘给值夜班的保安打一个包；节假日，她会亲自烧几个菜，让外地教师感受回家的温暖……

对于学生，她更是视为自己的儿女，倍加疼爱。有多少学生聆听了她情理交融的教诲后，端正了学习态度；有多少学生受过她的经济资助；有多少学生生病时坐过她的车去医院……她记不清，别人也无法统计。汶川地震、玉树地震等，她都第一个带领全院师生捐款……

大爱无痕，大音希声。工商学院的灵魂人物就是这样铸成的。

谈未来规划

“为我市城市品位的提升给力助推”

坐在图书馆里品味书香，徜徉在亭台楼阁间欣赏湖光月色，在暖暖的午后去音乐厅陶冶心灵……这一切，将是工商学院将要呈现给大家的“小桥流水花香，古朴典雅宁静”的情景。

“学院规划新建音乐厅、体育馆和图书馆等设施，力求将工商学院打造成为生态园林大学校园、文化教育旅游景点。”

“校园的建设将更加注重开放性，新建的音乐厅、图书馆、体育馆基本上分布在现在的过境公路边，面向社会开放，成为肇庆市民茶余饭后和节假日欣赏音乐、阅览图书、强身健体的好去处。”谢建平说，我市文化设施比较多，但与本市文化强市建设的融合远远不够，因此，要对高校的资源进行整合开发，有计划、有重点地对文化设施加以利用。

“城市发展要有品位，品位的提升须以高校为依托。工商学院将为我市经济发展注入新的活力，为我市城市品位、市民文化程度的提升给力助推。”

“只要敢想敢干就一定能干出来。”怀抱着对工商学院未来的美好憧憬，坚守着为老师擎起一片智慧苍穹，为学生构筑成长空间，为社会架构和谐格局的信念，谢建平和她的伙伴们还将一如既往地行走在民办教育的路上。

人物印象

柔情与刚强并存

曲径回廊贯穿四周，水榭亭台错落其间，花草沁香，绿株满溢，走进谢董的办公室，犹如进入了一个小花园，心情也变得欢快起来。

“我特别喜欢花，爱花如命。现在我办公室的花花草草已经成为大家的谈资了。”谢董说，凡是到她办公室做客的人，都异口同声地赞扬。其实这个偌大的“花园”是从教学楼顶层的小亭子改造而成，“花园”里每件东西都是经过她精心挑选和安排，把原来是楼顶的大露台变成了大花园。

出色的教育家，了不起的企业家，任何谈笑有鸿儒的对话，谢建平都是当仁不让的主角，女强人的形象早已深入人心。而让人感到亲切、温馨的办公室布置似乎让她多了几分柔情。

采访中，谢董拿出了一枚解放前她爷爷公司的印章，印章上刻着“货真价实，童叟无欺”。她说，办教育也要本着“货真价实”的心，家族的“根”要一生铭记着。

我们的时代，我们的眼光都在朝前，拼命想望到更远的风景，似乎忽视了来时的路。这样的跋涉太过飘忽，太过轻浮，留不下印痕。铭记着过往，步履才踏实真诚，正因为铭记着祖辈的“根”，谢建平才会在无数人心中留下深刻的印记。

记得第一次采访谢董时，我还是一个刚出道的黄毛丫头。在我正襟危坐时，她始终亲切微笑着，令我有莫名的亲近感。那次采访过后，百忙中的谢董竟然发来一条短信：谢谢你对我校的支持!

也许一些最真挚的细节才让人更为之动容，那些成就，那些光环远远抵不过我心里那个谢董给我发短信的细节，衬托着一个温和的有主心骨的人。

柔情与刚强并存，她就是一个这样实实在在的人。

——2011 年 4 月 11 日《西江日报》C1“教育周刊”

广东省民办高校党建工作座谈会在工商学院召开

5 月 10 日，广东省民办高校党建工作座谈会在我市工商学院召开，会议主题是民办高校党组织设置及党员管理与组织发展。

省委教育工委组织处处长、省高校党建研究会秘书长吴琦琳，省委教育工委组织处处级调研员杨承德，市教育局直属机关党委副书记石抗，省高校党建研究会民办高校理事长、岭南职业技术学院党委书记丁纪平，肇庆工商职业技术学院党委书记魏尚荣出席大会并在主席台就座，来自全省民办高校的党委书记、党办主任、组织部长 51 人参加座谈会。

丁纪平主持大会。石抗副书记代表市教育局对与会者表示热烈欢迎。

吴琦琳在会上讲话，他希望各民办高校党委充分认识党建工作的重要性，要理直气壮，直面困难，提高民办高校党建工作的科学化水平；要奋发有为，积极探索，争取举办者的支持，在育人方面发挥积极作用。

广东培正学院党委、肇庆工商学院党委、广州科技学院党委书记在大会上做了典型发言，介绍了各自学院党建工作的特色和具体做法。在分组讨论上，参合者针对民办高校党组织设置及党员管理的具体问题进行了激烈的讨论。

会后，与会者参观了肇庆工商职业技术学院校园。(韩治国)

——2011年5月13日《肇庆教育》“职教版”

工商学院“十二五”发展规划重点完成“十大工程”

工商学院“十二五”规划期内，着重落实“狠抓建设，深化内涵，巩固规模，提升实力，晋升本科”的基本办学目标，全力投入，逐步打造一批“名教师，名专业，名课程，名教材，名学生”，努力把学院建设成集“美丽工商、德育工商、特色工商、文化工商、和谐工商、幸福工商”于一体的优质民办高职院校，综合竞争力位居广东省民办高校前列。

为实现以上目标，该院重点完成“十大工程”：区域融合工程——对外开放，合作办学，探索“厂中校、校中厂”；教学品牌工程——培育重点专业、精品课程，树立“工商教育”品牌形象；铸魂育人工程——开展国学、历史、传统教育，组织校园文化活动，提高师生职业综合素质；培优创新工程——提倡创新创业，培养尖子生，力争在各级各类竞赛中取得优异成绩；名师培育工程——打造一支“双师素质、专兼结合”的教学团队，形成一支结构合理、德才兼备的干部队伍和后备力量，培养“工商名师”；晋升本科工程——及早准备，注重建设，全力以赴，有计划的实现晋升本科的发展目标；阳光健康工程——增强师生体质，改善心理素质，培养意志品质；机制活力工程——改革机构与机制，激活员工创造力和积极性；和谐文化工程——加强教育，严格管理，创造和谐、美好、优雅的校园文化环境，让教职员工稳定开心工作，让学生健康快乐成长；社会服务工程——利用校内教育教学资源，积极开拓对外培训、科研服务。(韩治国)

——2011 年 6 月 30 日《肇庆教育》第四版“职教版”

肇庆工商学院庆祝教师节
新任干部宣誓服务师生

本报讯（通讯员　陈湘君）9 月 4 日，肇庆工商职业技术学院教职员工济济一堂，庆祝教师节。新任命的中层以上管理干部宣誓勤勉尽责、服务师生。

当天，该院对 2010—2011 学年度先进个人、优秀教师等五大类奖项获得者进行表彰。72 名中层以上领导干部向校旗向董事会庄严宣誓，表示在担任职务期间，执政为公，服务师生；坚持原则，忠于职守；严于律己，身正垂范；公平公正，科学民主。

——2011 年 9 月 6 日《西江日报》A2 要闻版

莫秀全（青联）：

整合高校资源推动文化强市

目前我市大学文化设施比较多，但与本市文化强市建设的融合远远不够，因此，要对各高校的资源进行整合开发，有计划、有重点、有组织的对文化设施加以利用。

一、利用高校校园场馆设施，创建一批具有代表性的文化新地标，将高校的图书馆，艺术馆纳入肇庆市文化强市建设的统一规划。二、利用高校文化人才资源，创建一批具有产业性的文化新园区，让每一个项目都能与社会共同使用。三、利用高校文化研究资源，创建一批具有地方性的文化新项目。

——2011 年 9 月 9 日《西江日报》B4 版

打造一两所名牌民办高校

谢建平

重视培育和保护民办院校品牌，鼓励民办学校走特色办学和差异化发展之路，以品牌带动上规模上水平。

当前，我市民办学校的品牌还不够突出，在省内外有较大影响的也不多，如何培育和提升我市民办学校的品牌是提升我市民办教育水平的一个重要措施，特别是我市的民办高校。民办高校是一种新兴教育模式，与公办高校相比，具有起步晚、资金少、社会认可度低、机制灵活等特点。我市民办高校如何提升其竞争力，发挥其机制灵活等自身优势，扬长避短，“以质量树信誉，以特色创优势，以创新促发展，以人才树品牌”，希望得到各级政府的重视和支持，力争打造一两所在全省乃至全国具有较大影响力的民办高校，引领和带动全市民办教育整体水平的提升。

（发言者系肇庆工商职业技术学院董事长）

——2011 年 9 月 10 日《西江日报》A3 版

肇庆工商职业技术学院
创建严格管理与和谐文化相统一的优质民办高校

2011 年的夏天，广东民办高校确实感觉到一阵阵寒意，由于公办大学的扩招，民办高校生源匮乏，在有限的生源竞争中，有的学校圆满完成招生任务，有的降到最低分也无法录满学生。肇庆工商职业技术学院在激烈的竞争中再次胜出，超额完成招生指标，招生数位列全省同类院校第七，让广州、珠海这些珠三角大城市的学校刮目相看。

这种状况的出现是偶然还是必然？

“广东省最美丽的民办大学之一”

“广东省最美丽的民办大学之一”并非空穴来风，这个美誉源自 2009 年 12 月，肇庆工商职业技术学院接受省高职高专人才培养评估总结会上专家组成员的一致认为。凡是到过该学校的人，都对校园的美丽赞不绝口。

肇庆工商职业技术学院占地 1020 亩，坐落的位置得天独厚，位于肇庆市七星岩旅游风景区内，背靠将军山，面对七星岩，依山而建，错落有致，成为景区内又一道美丽景致。步入校园，以“紫荆大道”“紫薇路”“凤凰路”等花木命名的道路特色鲜明，别具一格；以“海纳”“百川”“厚德”等儒家经典命名的教学大楼寓意深刻，蕴涵文化；“日月湖”“葫芦湖”点缀校园，秀美有加；“大学生创业孵化中心”“素质拓展训练园”特色鲜明，倍受青睐；1000 株樱花盛放的龙山公园成为校园一大亮点，烂漫宜人。

校园内每一栋建筑、每一处景观、每一片花草，无不凝聚着办学者的理念、治学者的文化，环境育人、文化育人自然体现。

“民办高校危机状态管理”

2010年12月，在顺利通过高职高专人才培养评估之际，肇庆工商学院院长、博士生导师陈烈强教授提出“民办高校危机状态管理”，并提出“严格管理与和谐文化相统一”的办学方针，力抓内涵建设。上学期末，在中层干部评聘、竞聘上岗实施过程中，有2.5%的中层管理干部落聘，有1.3%的教研室正、副主任落聘，相反，学生到课率提高到96—98%，教学总体满意度达到80%以上。

本学期开学，在中层干部扩大会议上，陈烈强院长适时提出：“以优质民办高校和升本为建设目标，以教学建设为中心，以实施教学重点项目建设和教师队伍建设为重点，继续坚持从严治校、从严治学的工作方针，着力提升克服办学危机的内在能力，全面推进学院的和谐稳定和建设发展。”的办学方针，进一步加大专业建设力度、校企合作力度、师资队伍建设和人才培养力度。

“以特色求生存，以质量求发展”

第27个教师节前夕，肇庆工商职业技术学院取得占地40多亩位于星湖景区内松涛宾馆的长期经营管理资格，学院命名为“七星国际学术交流中心”，作为文化交流、国际教育、旅游度假、商务会议、学生实习于一体的活动平台。

2004年，清华科技园素质拓展训练基地落户肇庆工商职业技术学院；2005年，该院大学生创业孵化中心创业园启动；2010

年，该院占地600亩的大学生科技园奠基。

肇庆工商职业技术学院在加强内涵建设的同时，不断形成自己的特色。素质拓展训练成为学生的必修课，在培养学生的品德修养、责任意识、合作精神等方面发挥了积极作用；大学生创业孵化中心成为学院“培养未来中小企业家摇篮”，在“以创业带动就业”方面迈出一大步，创业教育已形成多维体系；感恩教育“为了母亲的微笑”获得团市委“创新奖”，成为思政教育特色亮点。

连续三年，肇庆工商职业技术学院毕业生就业率都排在全省同类院校前茅，并连续3年被评为“广东省十大竞争力民办高校”，今年六月，被中国民办教育协会评为“中国优秀民办高校”。（韩治国）

——2011年9月13日《南方都市报》CⅡ21“学习周刊”

工商学院院长陈烈强为学生干部讲《立志修身》

10月13日下午，肇庆工商学院院长陈烈强为全院学生干部主讲主题为《立志修身——学生干部的今天与明天》的专题讲座，院团委、学生会，各系部学生干部300多人参加讲座。

陈烈强从乔布斯谈起，重点阐述了学生干部的定位与个体修炼，他告诫学生：今天低处修身只为明天能高处立身；学生干部是学生，又是学生中的模范；今天比别人多学一点、比别人多做一点，明天便比别人成熟、成长、成才快一点；光荣的人注视着祖国的事业，虚荣的人注视着自己的名字，谦虚与进取应为成长的座右铭，团结与友爱应成为人生同行的加油站；成为社会有用之人就是成功，就有幸福；重视自律垂范，关注人格力量。

讲座中，陈烈强自身的学生干部经历与在座学生产生了共鸣，陈烈强和蔼可亲、平易近人的演讲风格拉近了与同学们的距离。听讲者专心致志，演讲者情深意切，现场气氛轻松和谐。会后，学生干部们纷纷表示，要认真总结写好心得，在今后的工作中开拓创新，积极进取，更好的配合学院的整体工作，开创学生工作的新局面。(韩治国)

——2011 年 10 月 28 日《肇庆教育》第四版“职教版”

联办民营大学肇庆工商学院获粤诚信企业家称号

广东新闻网肇庆 11 月 2 日电（黄耀辉　韩治国）广东首个跨国联办民营大学肇庆工商学院，2 日下午获“广东省诚信企业家”殊荣，该学院副董事长莫秀全入选广东省优秀企业家。

肇庆工商学院是中国教育部教科所和联合国教科文组织等评定的“中国十佳民办大学”及“中国最具就业前景的民办大学”之一。办学十六年已初步形成以经、管类专业为主，文、工类专业为辅，多专业协调发展的办学格局，2011 年毕业生就业率达 99.7% 以上，居该省同类院校之首。

据介绍，该校为整合教育资源，先后与德国 GPB 教育集团、菲律宾圣保罗大学、中山大学、华南理工大学等国内外多所高等学府联合办学，让学生自主选择相应学科，为学生开设了出国深造、专本同读的绿色通道。

今年 6 月，新西兰黑斯廷斯市长劳伦斯·尤尔率新西兰皇家商学院一行还专程考察该学院，商议联合办校事项，并就师生互访等签约达成协议。

广东省经济学家企业家联谊会兼秘书长李克伟表示，联谊会将为学院课程建设、项目开发、教科研和专业建设提供更广阔的平台，为学生就业提供更多机会。

当日，韶关仁化丹霞山博士生态园、该省经济学家企业家联谊会、肇庆工商学院、该省企业还签订了三方战略合作意向书，并向该院颁发了广东省经济学家企业家联谊会、广东省企业家理事会副会长单位牌匾。

——2012 年 11 月 02 日“广东新闻网”

详见：http：//www. gd. chinanews. com/2012/2012 - 11 - 02/2/214076. shtml

工商学院举行十五周年庆典

今年的 10 月 29 日，是肇庆工商学院十五岁生日。当日晚上，肇庆工商学院在西区篮球场隆重举行十五周年庆典。肇庆市政府有关领导，北京大学、南京大学的领导和同仁，以及社会各界人士应邀参加，各届校友，学院师生 3000 多人参加晚会。

中国民办教育协会、广东省教育厅、团广东省委、肇庆市教育局等各级政府机关发来贺信贺电。北京大学、清华大学、中山大学、华南理工大学、广东白云学院、广东科技职业技术学院、肇庆学院、肇庆科技职业技术学院等 25 所院校送上最真挚的祝福。台湾首府大学、台湾昆山大学、台湾建国大学、菲律宾圣保罗大学等 9 所港澳台和国外大学致电祝贺。

晚会在慷慨激昂的国歌声中开始。

董事长谢建平发表讲话。她代表董事会对十五年来关心和支持工商学院发展的省市各级政府部门以及社会各界人士表示最衷心的感谢。她深情回顾了十五年的创业历程，表示将继续坚持海纳百川、坚韧执着的办学精神，紧紧依靠政府，加强管理，加大投入，提升内涵建设，不断提高办学水平，争取早日升格为本科院校。

校友代表向母校十五周年华诞表示最衷心的祝福和最热烈的祝贺。

教师代表和学生代表在发言中表达自己的工商情结和对工商的祝福。

院长陈烈强在讲话中表示，要办好一个学校，第一，办学必须要主动地去适应社会和经济发展的需要；第二，办学必须坚持加强教学的内涵建设；第三，办学必须坚持人才培养模式的改革；第四，办学必须坚定不移地走校企合作的道路；第五，办学必须要坚持优良校风、教风、学风的建设。

副董事长莫秀全作了讲话。希望借十五周年校庆的契机，为实现十二五规划提出的“建设美丽工商、德育工商、内涵工商、特色工商、文化工商、和谐工商、幸福工商”注入活力。

庆典大会上，张木泉等5位同志“最初创业奖”，江湛等18位同志获“最具忠诚员工奖”。

颁奖仪式结束后，举行了一台充满激情的校庆晚会。（肇庆工商学院）

——2011年11月11日《肇庆教育》第四版“职教版”

2012 年

肇庆工商学院陈烈强院长率团来惠州经济职业技术学院考察访问

2012 年 3 月 6 日，肇庆工商职业技术学院陈烈强院长率团莅临惠州经济职业技术学院考察访问。该访问团由肇庆工商职业技术学院院长，财务处、人事处、教务处、招生就业处等部门负责人 9 人组成。学院党委书记、院长陈优生等院领导对来访客人给予热情的接待。

座谈会在学院行政楼四楼会议室举行。学院党委书记、院长陈优生，党委副书记、督导专员安晓云，副院长李炎、华强、姚立锋，院长助理姚丽红，以及相应的各处室负责人出席了座谈会。

会上，陈优生院长向访问团介绍了惠州经济职业技术学院近年来教育教学改革发展中所取得的进展。学院党政领导班子带领全院师生，凝心聚力，成功摸索出了“43334”这一富有特色的治校方略，人才培养水平不断提高，顺利通过了教育部人才培养水平评估。投资方持续加大对学院的各项基础设施的建设力度，短短三年时间，学院面貌焕然一新，一座全新的现代化大学拔地而起。陈优生院长表示，此次陈烈强院长率团前来，对我们来说是一个难得的学习交流机会，希望双方畅所欲言，多提宝贵建议。

会后，在院领导的陪同下，陈烈强院长一行参观了外语系语音室、工商系实训室、服装实训工厂、电脑横机人才培养基地、金融实训中心、工业中心、汽车系实训车间、图书馆、大学生创业园等校内实训基地。惠州经济职业技术学院和谐而富有活力的校园文化氛围和设备完善的教育教学设施、现代化的实训基地让来访客人留下了深刻印象。随后，双方还进行了分组座谈，分别就教学制度、人事制度、招生等方面进行了深入交流。

——2012 年 3 月 8 日《中国高校之窗》

详见：http：//www. gx212. com/news/20120308/n8378624884. html

孙穗芳向广东肇庆捐赠祖父孙中山铜像

中新社肇庆 6 月 13 日电（记者　黄耀辉）广东肇庆工商职业技术学院龙山公园 13 日举行孙中山先生铜像赠送及揭幕仪式，这是孙中山孙女孙穗芳在中国内地赠送的第 94 尊孙中山铜像。

孙中山为建立和巩固广东国民革命根据地，筹划北伐的前方战事与后方军备，曾三次莅临肇庆。1986 年肇庆成立了孙中山学术研究会小组后，1991 年又成立了肇庆市孙中山研究会，在肇庆鼎湖上景区内，至今仍保存有当年孙中山游泳的遗址。

孙穗芳赠送的这尊孙中山铜像采取立姿造型，全铜铸造，高 1. 93 米，大理石底座高 4. 38 米。铜像底层刻着："忠孝仁爱、信义和平"；第二层刻着："格物、致知、诚意、正心、修身、齐家、治国、平天下"。

为纪念辛亥革命一百周年，孙穗芳从 2011 年开始在中国内地捐赠祖父孙中山铜像，并计划捐出 100 尊孙中山铜像。

肇庆工商职业技术学院副董事长莫秀全表示，该学院计划将龙山公园更名为中山公园。

——2012年6月13日《中国新闻网》

详见：http：//www. chinadaily. com. cn/hqpl/zggc/2012－06－13/content_ 6176343. html

新西兰黑斯廷斯市长访肇

大洋网讯（广州日报记者　于敢勇　通讯员　韩治国）由市长劳伦斯·尤尔先生率领的新西兰黑斯廷斯市（Hastings City）友好访问团，对肇庆工商职业技术学院进行友好交流访问。昨天(6月20日）下午，肇庆副市长陈宣群在肇庆工商学院和劳伦斯·尤尔市长等新西兰客人进行了友好会谈，工商学院负责人谢建平、莫秀全等参加了会谈。

劳伦斯·尤尔先生说，去年肇庆工商学院董事长谢建平女士到黑斯廷斯，和我们商讨在黑斯廷斯开设分校的计划，所以我们这次新西兰皇家商学院的刘自和院长等都来了，一起商议具体的办校事项。希望借助新西兰和中国建交40周年的契机，促进黑斯廷斯和肇庆两市之间有着更加紧密的往来，相信两国和两市之间在教育、文化、经济等方面的交流都逐步得到发展，我们两市之间也有着广阔的合作空间。今年10月我市举办大型的展销会，已经邀请了好几个中国城市参展，也希望肇庆能够组团参展。

陈宣群认为，肇庆工商学院作为肇庆首个走向海外办学的学校，这是一个良好的开端，希望和黑斯廷斯的合作能够成功，达到“强强联手”的效应，肇庆市政府一定全力支持这个项目。也希望两市之间从教育的合作入手，进而带动文化、旅游、经济等方面的合作，促进两市的经济和社会发展，也希望10月份肇庆能够组团到黑斯廷斯参展。

黑斯廷斯是新西兰北岛的东部城市，市区人口5.5万，是重要的农产区，有肉乳加工、水果罐头等工业，市长劳伦斯·尤尔先生是现任新西兰市长联盟主席和英联邦市长联盟主席。黑斯廷斯市访问团在肇庆期间，新西兰皇家商学院将和肇庆工商学院签署友好合作协议书，开展两校之间的师生互访、短期培训、夏令营、冬令营、交流学生、员工培训、相互之间提供教材和资料等方面的合作。

——2012年6月21日《大洋网》

详见：http：//news. dayoo. com/zhaoqing/201206/21/73445_24528514. htm

肇庆工商学院吹响晋升本科进军号

西江网讯　7月11日，在珠海举办的“肇庆工商职业技术学院2012年发展论坛”上，正式吹响该校晋升本科的进军号。升本不仅是该院十二五规划的一项重要内容，而且列进肇庆市政府和省教育厅的十二五规划。

据悉，按照省教厅和教育部评估中心的初步安排，肇庆工商学院将于2013年接受省教育厅和教育部晋升本科的评估和检查，通过升本建设，不仅可以提高科研水平增强综合实力，整合优势资源突出办学特色，最关键的是可以提升人才培养水平和人才培养质量。

参会的院级领导和各职能部门负责人、七系二部负责人都在会上作了表态，并结合各自部门工作谈了自己的看法和意见。会议在团结、热烈、激昂的气氛中圆满结束。（记者　郝蕊　通讯员　韩治国）

——2012 年 7 月 12 日“西江网”

详见：http：//www. xjrb. com/news_ view. asp？ id = 122937

肇庆工商学院“升本”明年迎评

9 月 7 日，肇庆工商学院 800 多名教职员工汇聚学院国际学术交流中心新松涛宾馆庆祝教师节。记者从会上获悉，工商学院吹响了晋升本科的进军号，明年接受省教育厅和教育部的评估与检查。

该院总结了 2011—2012 学年度工作，并对 5 个单位和 193 位教师进行表彰奖励。过去的一学年里，工商学院在院校重点专业建设、精品课程建设、省级重点专业建设、省级重点教育教学改革项目方面取得了历史性的突破，成功获得 2 个省级重点培育专业的建设项目，今年录取新生 6106 人。在良好的发展形势下，该院董事会、学院行政正式吹响晋升本科的进军号，这也市政府、省教育厅“十二五”规划的重要内容。（记者　刘小洪　通讯员　韩治国　梁欢欢）

——2012 年 9 月 10 日《西江日报》

详见 http：//www. xjrb. com/news_ view. asp？ id = 126998

肇庆工商学院“联姻”武汉大学

两校共建肇庆培训中心

本报讯（记者　李文华　通讯员　韩治国）10月29日早上，肇庆培训中心在肇庆工商职业技术学院挂牌成立。这个培训中心由该院与武汉大学深圳研究所共同建立。

据了解，武汉大学深圳研究所代表武汉大学，在南方开展创业孵化、技术创新和产业转移等多种工作，该所与肇庆工商职业技术学院共建肇庆培训中心，可以充分发挥双方的优势，发挥职业技术教育为社会、行业、企业服务的功能，利用肇庆工商职业技术学院的素质拓展训练基地，培训珠三角地区素质拓展及管理人才，为企业培养更多素质、高技能的应用型人才。

——2012年10月31日《肇庆都市报》A3版

肇庆工商学院今日“三喜临门”

大洋网讯（广州日报记者于敢勇　通讯员韩治国）今天下午，肇庆工商学院可谓“三喜临门”。广东省经济学家企业家联谊会、广东省企业家理事会授予该校副会长单位牌匾，该院副董事长莫秀全也荣获“广东省优秀企业家”“广东省诚信企业家”并授予了荣誉证书。

省经济学家企业家联谊会副会长兼秘书长李克伟在颁发仪式结束后表示，这次授牌表示肇庆工商学院从此加入了省经企联这个大家庭。今后，我们将为肇庆工商学院提供更多的合作企业，为学院课程建设、项目开发、教科研和专业建设提供更广阔的平台，为学生就业提供更多机会，为肇庆地区乃至广东经济发展培养更多的实用性人才。

肇庆工商职业技术学院成立于2004年，是肇庆市的知名高等职业学院，由谢建平女士和莫秀全先生共同创办。前身是始建于1996年的肇庆工商职业学校以及创建于1999年的肇庆工商专修学院，2010年顺利通过国家高职高专人才培养工作评估。现有工商管理系、经济管理系、财会系、工程技术系、计算机应用技术系、应用外语系、艺术设计系、公共教学部和思政教学部等7系2部，开设34个专业，全日制在校生13000人。现有教职工800多人，学院占地面积1020亩，校园建筑面积22.87万平方米，实训场地面积20多万平方米，连续多年毕业生就业率名列广东省同类院校前茅。

学院先后被国家教育部教科所等组织机构评为“人民满意的民办大学”“中国最佳工商类民办大学”“中国最具有前景的民办大学”“广东省肇庆职教基地建设先进单位”“改革开放30年中国十大品牌高等职业院校”“广东省十佳民办高校”“广东省民办高等职业教育竞争力10强”单位。

——2012年11月2日《大洋网》

详见：http：//news.21cn.com/caiji/roll1/2012/11/02/13493452.shtml

广东省经济学家企业家联谊会在肇庆工商学院
举行“副会长单位”、“广东省优秀企业家”“广东省诚信企业家”荣誉称号颁发仪式

广东省经济学家企业家联谊会（简称：省经企联）、广东省企业家理事会于2012年11月2日在肇庆工商职业技术学院举行仪式，为肇庆工商职业技术学院颁发了广东省经济学家企业家联谊会、广东省企业家理事会“副会长单位”的牌匾，聘任肇庆工商职业技术学院副董事长担任副会长职务；为荣获“广东省优秀企业家”“广东省诚信企业家”荣誉称号肇庆工商职业技术学院副董事长莫秀全先生颁发了证书和牌匾；举行了“共建院校毕业生实习创业基地”战略合作伙伴关系协议书签字仪式。

出席颁发仪式的领导和嘉宾是：省经企联、广东省企业家理事会常务副会长何礼森先生，副会长兼秘书长李克伟先生，常务副秘书长杜笑欢女士、副秘书长杨庆华女士，企业家服务中心主任朱英斌先生，企业家交流中心副主任何循皆先生以及本会有关工作人员；肇庆工商职业技术学院董事长谢建平女士、副董事长莫秀全先生、院长陈烈强先生、党委书记魏尚荣先生、副院长丁孝鹏先生、副院长张石峰先生，学生处长黎潇文先生、公共宣传部部长韩治国先生，校企合作办公室副主任杨耀之先生，院行政办公室主任黄晶女士；广州金领人国际有限公司董事长、博士、中国注册高级职业经理刘新林先生，总经理孙朝晖先生；仁化县丹霞山博士生态园实业有限公司总经理毛瑞楼先生，经理姜志远

先生；肇庆市青年企业家协会会长、广东移动公司肇庆分公司总经理陈怀达先生，广东省电视台三科科长赖燕玲女士；本会副秘书长杜笑欢女士主持颁发仪式。

中新社、香港商报、广东电视台、广州日报、肇庆市各大媒体都派出记者参加颁发仪式并作了现场采访。

省政协原副主席、省经企联、广东省企业家理事会会长王兆林先生原定出席颁发仪式的因事没有到会，专门交代秘书打来电话对肇庆工商职业技术学院表示热烈祝贺，并祝颁发仪式圆满成功！

肇庆工商职业技术学院副董事长莫秀全先生在仪式上介绍了学院的基本情况及发展历程，学院已初步形成以经、管类专业为主，文、工类专业为辅，多专业协调发展的办学格局。现有工商管理系、经济管理系、财会系、工程技术系、计算机应用技术系、应用外语系、艺术设计系、公共教学部和思政教学部等7系2部，开设39个专业，全日制在校生13000人。现有教职工800多人，专任教师中硕士以上学历的占31.75%，副高以上职称的占31.22%。2003年被评为“广东首届十佳民办高校”和“广东省民办高校竞争力二十强”；2004年被国家教育部中央教科所评为“人民满意的民办大学”；2005年被国家教育部中央教科所和联合国教科文组织等单位评为“中国十佳民办大学”“中国最佳工商类民办大学”“中国最具就业前景的民办大学”；2006年被评为“中国民办高校教育教学质量二十强”和“中国十佳诚信民办高校”；2008—2010年连续三年被广东省社科院评为广东省最具竞争力十强民办高校；2011年被评为“全国优秀民办高校”。创立大学生孵化中心，鼓励大学生以创业带动就业，培养大学生的创业精神；2009年、2010年、2011年毕业生就业率连续几年在同类院校名列前茅。

本会常务副会长何礼森先生在颁发仪式上致辞，并热烈祝贺肇庆工商职业技术学院加入本会成为“副会长单位”，热烈欢迎学院副董事长莫秀全先生担任本会副会长职务，热烈祝贺学院副董事长荣获“广东省优秀企业家”“广东省诚信企业家”荣誉称号；祝肇庆工商职业技术学院越办越好，成为民办学院的楷模！

本会副会长兼秘书长李克伟先生宣读了关于批准肇庆工商职业技术学院为本会“副会长单位”、学院副董事长莫秀全先生担任本会副会长职务、学院副董事长莫秀全先生荣获“广东省优秀企业家”“广东省诚信企业家”荣誉称号的文件。

本会常务副会长何礼森先生向肇庆工商职业技术学院颁发了本会“副会长单位”的牌匾，学院副董事长莫秀全先生接受了牌匾；

本会常务副会长何礼森先生向肇庆工商职业技术学院副董事长莫秀全先生颁发了“广东省优秀企业家”“广东省诚信企业家”荣誉称号的证书和牌匾。

肇庆工商职业技术学院（甲方）、仁化县丹霞山博士生态园实业有限公司（乙方）、广东省经济学家企业家联谊会、广东省企业家理事会（丙方）同时在颁发仪式上举行了“共建院校毕业生实习创业基地”战略合作伙伴关系协议书签字；学院副董事长莫秀全先生、仁化县丹霞山博士生态园实业有限公司总经理毛瑞楼先生，广东省经济学家企业家联谊会、广东省企业家理事会副会长兼秘书长李克伟先生分别在协议书上签字。

省经济学家企业家联谊会副会长兼秘书长李克伟在颁发仪式结束后接受广东电视台及肇庆电视台采访时表示，这次授牌表示肇庆工商学院从此加入了省经企联这个大家庭。今后，我们将为肇庆工商学院提供更多的合作企业，为学院课程建设、项目开发、教科研和专业建设提供更广阔的平台，为学生就业提供更多机会，为肇庆地区乃至广东经济发展培养更多的实用性人才。

出席颁发仪式的领导和嘉宾在学院董事长谢建平女士、副董事长莫秀全先生的陪同下参观了学院校区，重点参观了学院图书馆和学院大学生创业孵化中心。大家一致认为这个大学生创业孵化中心有新意、有特点、有特色，办得好！

——2012年11月5日《广东企业家网》

详见：http：//www. gdecen. com/shownews. asp？id = 1851

省教育厅心理健康教育与咨询工作督导组莅肇庆工商学院检查

本报讯　12月7日，由省高校心理健康教育与咨询专业委员会副主任许国彬率领的广东高校心理健康教育与咨询工作督导检查组一行4人来肇庆工商学院检查指导工作。

学院相关部门领导带领专家组成员参观了学生处、学生活动中心、心理咨询中心，检查了相关档案资料，与辅导员进行座谈，观摩了拓展训练课程，并向学生了解相关情况。专家组成员同时还观摩了余庆兰老师的心理健康上课情况，并与学生交谈。

专家组认为，工商学院领导重视心理健康工作，制度健全；队伍建设机构健全；课程安排合理，教学工作规范，形式多样；咨询工作开展有声有色。总体符合检查的要求。特别是把拓展训练与心理健康教育结合起来，拓展条件在中南地区可能是条件最好的，很有特色。专家组对学院今后的努力方向提出了意见建

议。（韩治国）

——2012 年 12 月 14 日《肇庆教育》第四版“职教版”

工商印象

——广东肇庆工商职业技术学院发展写实

韩治国　黄晶

肇庆——中国美丽的南国休闲之都，中国历史文化名城。联合国公认全球北纬 23.5°最美风光城市，中国第三大江西江和泛珠三角 40 个少数民族文化门户，曾是两广总督府的所在地，肇庆工商职业技术学院就坐落在中国十大风景名胜区七星岩旅游度假区内。

实力工商

肇庆工商职业技术学院是由教育实业家谢建平女士和莫秀全先生牵头于 1996 年创办，2004 年升格为高职院校，至今已有 17 年的办学历史。办学 17 年来，学院发扬“海纳百川，坚韧执着”的办学精神，艰苦创业，励精图治，聚精会神办教育，一心一意谋发展，从无到有，从小到大，从弱到强，从创办初期的 100 多学生到现在的 1 万多在校生，昔日的荒山野岭变成了今天千亩生态园林大学校园，累计为社会培养了各类人才 3 万多人。

学院董事长谢建平、副董事长莫秀全热爱教育事业，全心全意办教育。董事长谢建平是肇庆市人大代表并兼任肇庆市工商联副主席、肇庆市女企业家协会常务副会长、广东省民办教育协会常务理事等职务。莫秀全副董事长是肇庆市政协委员并兼任广东省社会组织党工委员、广东省经济学家企业家联合会副会长，广东省青联委员等职务。

学院依法办学，严格执行董事会领导下的院长负责制。现任院级领导班子6位成员，均有副教授、教授职称，具有较高的政治素质、管理理能和较为丰富的管理经验。院长陈烈强教授，从教40余年，博士生导师。曾任华南理工大学校长助理。

学院系（部）领导和学科带头人均具有副高以上职称，担任多年教育教学和管理工作。中层干部均具有本科以上学历或中高级职称，能胜任学院管理工作。

学院非常重视师资队伍建设，制定了一系列有关加强师资队伍建设的政策和制度，全力打造高水平的教育教学团队。出台了《教职员工进修、培养、提升管理暂行办法》、《教学名师”选拔培养管理暂行办法》、《双师素质”教师认定与管理暂行办法》和《专业教师参加企业实践的管理办法》等15项制度，从培养对象、培养经费、培养模式、认定（考核）方式等，全方位创造教师队伍培养、使用和提升的有利条件。学院现有专任教师525人，外聘教师120人，生师比为17.9：1，专任教师中副高以上教师160人，占30.5%，具有研究生学历的163人，占31%。同时学院聘用了一批企业家、经济学家、著名专家学者做兼职教授，以及聘用了一大批既有相应职称又有岗位实践工作经验的能工巧匠充实到教师队伍中，承担起专业技能课程与实训课程的教学和指导工作。近三年，获得学历提升的教师49人，职称提升、考取职业技能的教师153人；参加企业实践锻炼的教师共120人次；共有学科专业带头人36人；中青年骨干教师47人。

修身、博学、报国的办学宗旨，秉承“重知识、更重能力、尤重品德”的校训和“务实、创新、信息、国际”的办学理念，全力培养高素质高技能的应用人才，基本形成了“知识+能力+素质+创业+创新五位一体的育人模式，赢得了社会广泛认同。

学院屡获殊荣，先后被国家教育部教科所广东省教育厅等组织评为：“人民满意的民办大学”“全国预征兵先进集体“广东省民办高等职业教育竞争力10强”“广东省肇庆职教基地建设先进单位”“广东省先进基层党组织”“广东省高校综合治理优秀学校”，被共青团广东省委授予“广东省五四红旗团委”“广东省大学生实践活动先进单位”“广东省志愿服务集体奖”，被中共肇庆市委、市人民政府授予“文明单位”等荣誉称号，近五年师生在国家、省级专业技能竞赛中获奖29项，共获各类荣誉120多项。

学院十分注重专业建设，根据国家教育部和广东省教育厅相关文件的规定，在专业设置方面，关注社会需求，灵活调整和设置专业，建立起以重点专业为龙头，相关专业为支撑的专业群。学院现有7个系39个专业，每年专业更新率为10%—15%，每个系都有1—2个龙头专业，带动多个方向的专业群。同时，经广东省人力资源和社会保障厅批准，国家人力资源保障部备案，建立了职业技能鉴定站，设立了国家职业技能鉴定所、全国计算机高新技术、电子商务等考证单位10个，学院推行“双证书”制度，毕业生“双证”率达到了85%，使学生一毕业就能与职业岗位接轨。

学院设有由校内专家和校外专家联合组成的专业指导委员会，每年对专业设置和人才培养方案的制定进行调研、剖析和论证。同时，在重点专业建设中，学院对每个专业拨出专款，用于专业建设。学科专业带头人都由有副高以上职称的专家担任。学院确立了2批共7个重点专业，13项精品课程建设。现有省级重点（培育）专业2个，省级教学改革培育项目5项。

学院坚持“校企合作，工学结合”，全力加强学生动手能力的培养，以专业能力为核心，“知识、能力、素质、创业、创新”五位一体的人才培养工作方针。按公共基础、学科（专业）基础、专业技能三方面建立更清晰的三级教学平台，贯彻“管用、够用、会用”的三用原则。与企业深度合作，建立企业实训基地162个，共同研讨开发课程，并开设企业订单班的培养，通过这些手段，培养高技能应用型人才。

在我院教学模式改革中，除课程内容与职业岗位接轨外，在教学中融入了有特色的创业教育和素质教育的行动教学法：项目导向、任务驱动、模拟公司、模拟工艺等适合高职学生特点的创新方法，变教师讲为教师指导、引导，学生心动，学生手动、脑动、身体动，变学生被动学习为主动学习，学生分组搭配，自选项目或任务负责人，分工合作，做的过程中，老师随时辅导、指导，极大地调动了学生主动学习的积极性。近五年，我院师生在国家、省级专业技能竞赛中获奖29项，从2011年开始，学院已成功举办了两届科技节，共有364学生和58老师在科技节上获奖。

学院于2005年创建了广东省第一家大学生创业孵化中心，着重培养学生的创业意识和创业精神，将创业课程与就业指导课程共同融入了教学体系，组织编写了校本教材。开辟了创业孵化园区，建立了创业孵化中心管委会，鼓励学生进入大学创业园进行创业实践，建立模拟公司，由学生自己担任总经理，进行创业的实训。目前创业孵化中心已有模拟公司13家，并有6家模拟公司运行成熟由毕业生直接带出校园，成立了自己的公司。目前学院的创业孵化中心被确定为：“肇庆市大学生创业孵化基地”和“好社会、亲青会”“肇庆市企业劳动就业孵化基地”。2008年3

月在映泰第二届全国高校创业大赛中由我院卢开伟同学带领的校园旅游公司荣获“全国百优团队奖”。2011 年 10 月冯家伟、陈文婵同学参加“JOB168. COM 第六届广东省大学生职业规划大赛决赛”分别获三等奖和优秀奖。学院毕业生因实践能力、创新能力强而受到社会的广泛欢迎，2007、2008、2009、2010、2011 年毕业生总体就业率分别达到 97. 72%、98. 61%、99. 43%、100%、99. 70%，在全省同类院校名列前茅。

用中华民族优秀传统文化对学生进行道德品质教育与素质教育，是我院教育教学改革的重大成果。首先，学院引进了清华素质拓展项目，并将其纳入教学体系，根据 1 - 3 年级学生不同的心理状态和学习需求，进行拓展训练，培养学生的团队精神、责任感、领导能用、坚韧的品质和学生积极进取的心态，收到了良好的效果。同时，在全院推行优秀传统文化的教育，将国学精典纳入了公共必修课程，自编教材，全校学生诵读弟子规，学院宣传栏到处都有国学文化教育的名言名句，通过这些教育学院存好心、说好话、行好事、做好人的现象蔚然成风。

学院重视国际合作与交流工作，先后与德国 GPB 教育集团、菲律宾马尼拉圣保罗大学、台湾昆山科技大学、台湾建国科技大学、新西兰皇家商学院建立了友好合作关系，在文化学术交流、师生互访、课程合作等方面都有很大的收获。

美丽工商

肇庆工商职业技术学院依山傍水，风景秀丽，校园内绿树成荫，花木掩映，流水潺潺，欧陆风情的建筑依山而建，错落有致，湖楼交影，别具情趣，生态园林，空气清新，自然与人文融为一体。被广东省教育厅评估专家誉为“中国最美丽的民办大学之一”。

学院占地面积1020亩，校园建筑面积31.82万平方米，教学大楼、实训中心、藏书超100万册的图书馆、行政大楼、学生公寓、学生创业园、教师公寓、国际学术交流中心、田经运动场、篮球场、游泳池、网球场、羽毛球场、师生生活的商业一条街、银行网点等教学与生活服务设施一应俱全，为师生的工作学习和生活提供了坚实的保障。

学院现设7系二部：工商管理系、经济管理系、计算机应用技术系、工程技术系、艺术设计系、外语系、会计系和公共教学部、思想政治教学部，39个专业，在校生10200人，专职教师525人。

学院非常重视实训基地的建设，各专业均配套建设了较为完善的实验实训场所，充分满足了各专业学生实验、实训的教学需要。学院现有校内实验实训室90个，校外实习（实训）基地162个，学院实验（实训）室场地面积共42836.6平方米。同时，学院实验（实训）设备设施配置较为完善，所有教室都安装了多媒体，全院现有各类教学、科研仪器设备总值达到6097万元，教学用计算机3280台，多媒体教室座位9800个。

学院有校园网出口1010M，主干宽带1000M，安防，食安、民主管理、招生就业、行政管理、学术交流、社会服务信息系统建全。现有网上教学资源1200G网上课程96门，网络系统完善。

学院的后勤保障措施完善，所有的学生宿舍都配备了空调、热水、网线和独立的卫生间，六幢教师公寓共350套房，也都配备了空调、电视、衣柜、床、沙发等基本设施设备，为广大师生的生活提供了必要的保障。学院有可容纳6000人同时就餐的明园饭堂和可容纳3000人就餐的家园饭堂，明园饭堂连续多年被评为："广东省优秀饭堂"、"广东省 A 级饭堂"。学院还组建了膳食委员会进行监督，确保食物安全。

和谐工商

学院一直倡导"绿色的人际关系"，着重营造和谐、奋进、诚信、活力的校园氛围。让师生在团结、祥和、温暖的校园里快乐的工作学习和生活。

首先，学院的建筑体现出与自然的和谐，欧陆风情，白墙灰瓦，朴素自然，依山而建，生态园林，鸟语花香等等都体现和谐，各建筑物的命名也体现深厚的文化底蕴与和谐。教学大楼分别命名"海纳""百川""坚韧""执著""厚德""载物""智慧""信义"，"家园饭堂""明园饭堂"，还有"日月湖""葫芦湖"等。国父孙中山先生铜像矗立我院中山公园，孔子圣像在凯旋门中堂常驻安家，1300 多棵樱花灿烂盛开为装饰和谐校园添姿添彩。

同时，学院开展一系列活动活跃师生身心，教职工文艺晚会，歌唱比赛，一年一度的环校跑，出外旅游，成立教工之家等活动，让教职工充分放松，交流情感。

学生社团活动开展得如火如荼，共成立 28 个学生社团，舞蹈队、书法社、跆拳道、国学协会、广播站、记者站、文学社、礼仪队、爱心协会、篮球队等。活跃在校园的每个角落是校园和谐文化一道道亮丽的风景线。

学院高度关注贫困学生的资助工作，采取奖、助、贷、减免等措施，确保了贫困学生不因交不起学费而辍学。多年来累计为贫困学生减免学费达 500 多万元。学院还设立勤工助学岗位 200 多个，每年为 300 多名特困生提供勤工俭学服务，设立全优学生奖学金及临时困难补贴、优秀新生奖学金、国家贫困奖学金等措施，让贫困生完了大学梦。

学院党委与工会组织为校园和谐文化建设保驾护航，学院党委成立于2006，共有教工党支部11个，教工党员157人，注重发展优秀学生加入中国共产党，目前有学生党员1081人。学院工会在关心教职工生活，民主办学，促学院和谐发展等方面工作做出了积极的贡献。

服务工商

肇庆工商职业技术学院作为高等院校的一分子，勇于承担社会责任，在服务地方经济社会，履行社会职责方面做出了应有的担当。

学院充分发挥高校高级人才聚集的优势，主动为地方经济提供智力支持，技术服务。通过校企合作办为窗口，深入社会各企事业单位为他们开展各种服务。经常组织专家教授帮助企业解决技术攻关难题，帮助企业提高竞争力，根据企业需求，组织教师到企业为员工授课，提升企业员工的整体素质。经常由老师带队，带学生到企业顶岗实习，解决企业用工难等问题，每年为企事业单位培养输送大批实用、合用、顶用的高技能人才，成为当地社会经济发展重要的人才培训基地。

同时，利用教育资源优势，开展面向企业和社会的职业培训。学院成立了培训学院和技能考证中心，承担各种社会培训和为社会培训急需人才。近年来，学院开展面向企业和社会的各类培训累计了27517人次，年平均培训规模达5839人次。目前，学院已成为肇庆市首批大学生创业培训机构，是广东企业培训及创业培训基地，长期承担各类培训项目，大力促进了地方就业工作的开展。

同时，学院积极履行和承担社会责任，积极开展预征兵工作、参加红十字会义务献血工作、捐款赈灾工作、志愿者服务工作、爱心慈善工作，经常发动师生捐款捐物，奉献爱心，赢得了良好的社会声誉，受到了社会各界的广泛赞誉。

奋进中的肇庆工商职业技术学院，将以升本工作为契机，进一步加大办学投入、提升办学质量，在中国高等教育的碧海蓝天里自由翱翔、再创辉煌！

——2013 年第 1 期《中国民办教育》P31

2013 年

美国加州硅谷大学萧凤鸣校长访问工商学院商谈合作

本报讯　3 月 30 日，应肇庆工商学院院长王元良邀请，美国加州硅谷大学萧凤鸣校长首次来到肇庆走访该院，并与该院领导商谈国际交流与合作项目。

美国加州硅谷大学创建于 1997 年，位于世界高科技发源地的加州硅谷中心圣荷西市，是美国国家教育部和加州教育厅认可的高等学府和全美独立院校大学甄选委员会委员，也是中国教育部认可推荐的美国大学。

美国加州硅谷大学已经与哈尔滨理工大学、上海海洋大学、中国石油大学、广西大学、深圳大学、吉林大学珠海学院、北京理工大学珠海学院采取 2+2、3+1 本科教育、2+3 和 3+2 研究生教育友好合作多年，取得很好效果。（韩治国）

——2013 年 4 月 2 日《肇庆教育》第二版“新闻版”

埃塞俄比亚妇女代表团访肇

今日肇庆网讯　由埃塞俄比亚人民代表院副议长施塔耶·提扎祖（Shitaye Tizazu）女士率领的埃塞俄比亚妇女代表团一行 11 人，于 4 月 19 日至 20 日对我市进行友好访问。昨天（4 月 19 日）晚上，市委副书记、市长郭锋等会见了访问团全体成员。

郭锋市长代表市委、市政府热情欢迎来自非洲大陆的客人，他向客人介绍了我市经济社会发展和妇女工作的基本情况后指出，中国和埃塞俄比亚都有着悠久的历史，两国交往源远流长。这次习主席上任后的首次出访就踏足非洲，为中非友谊谱写了新篇章。肇庆有着丰富的自然资源，也有着一系列的产业品牌，希望两国和两地之间加强在经济、文化、农业、旅游、教育和妇女工作等方面的合作，加强互相之间的交流与互访，促进双方的共同发展。

施塔耶·提扎祖副议长认为，中埃两国有着悠久的历史和友谊，近年来都在各个方面稳步发展。中国所取得的成就令世界惊奇，中国的“不干涉内政”外交政策也得到非洲国家的欢迎，中非论坛更是加强了中国和非洲国家之间的了解与合作。我们这次来华访问，所见所闻除了令我们惊讶和敬佩外，也很想了解中国高效高速发展的根本原因，肇庆人和自然共存发展的状况就令我们很受启发。

省妇联副主席徐春莲、市委副书记吴华钦、副市长陈宣群、市政府秘书长莫优年以及市妇联、市外事侨务局的负责人参加了会见。

埃塞俄比亚妇女代表团是应全国妇联的邀请来华进行友好访问的，施塔耶·提扎祖是埃塞俄比亚的资深女政治家，2005 年至今任人民代表院副议长。她积极支持中埃议会和妇女交流，积极促进两国在妇女参政、经济发展等领域的交流与合作。代表团在我市期间，参观了肇庆工商学院，和师生们进行了交流；参观了有关企业和端砚文化村，游览了七星岩风景区。（作者：彭建基、罗成浩、刘晓林）

——2013 年 4 月 20 日“今日肇庆网”

详见 http：//www. zq. net. cn/News/yaowen/2013 – 04 – 20/30277. html

肇庆工商学院为雅安灾区捐款21.6万元

西江网讯（通讯员 韩治国）“为雅安地区地震祈福：逝者安息，雅安加油!”。4月22日下午，肇庆工商学院为雅安灾区捐款活动在西区篮球场举行。从前天开始，为雅安灾区祝愿和祈福的标语出现在肇庆工商学院的行政大楼LED和学院各大宣传栏上。

董事长谢建平、副董事长莫秀全带头，接着是院领导、职能部门、系部开始捐款，上台募捐的有老师，也有学生班级代表、社团代表，共募集现金21.6万元，由学院统一交付市红十字会。

肇庆工商学院在努力提高教育教学质量和育人质量的同时，积极承担社会责任，履行社会义务，在社区服务、“三下乡”活动、希望工程、植树、慰问禁毒卫士、支持环保、支持生态文明村建设、捐资农村公路硬底化工程修路建设等方面都作出了积极的贡献。办学十七年来，学院累计为贫困学生减免学费400多万元，并发动全院师生为汶川抗震救灾捐资20万元，为玉树震灾捐款10万元。每当贫困学生有重病，董事会和学院领导都带头捐资筹款，救助患病学子，其中重病者蓝朗超10万元，尿毒症李翠萍14万元等。

——2013年4月23日“西江网”

详见 http：//www.xjrb.com/news_view.asp?id=140625

异彩纷呈　撷影世界　中国艺术摄影学会精品展在肇展出

6月22日，“异彩纷呈·撷影世界”中国艺术摄影学会精品展在肇庆工商职业技术学院开展。中国艺术摄影学会主席杨元惺，省政府副秘书长江海燕，市政协主席张成文，市委常委、宣传部长梁志强等领导出席了活动。

本次摄影展由中国艺术摄影学会主办，肇庆工商职业技术学院承办。展期5天，本月26日结束。共展出作品约100幅，为杨元惺及中国艺术摄影学会会员近年创作的精品，以影像特有的艺术形式再现了大自然的美好和人们丰富多彩的生活。

中国艺术摄影学会已不止一次在我市举办摄影展。杨元惺表示，肇庆是一座美丽的城市，肇庆工商学院坐落于星湖旅游度假区内，是一所美轮美奂的民办大学，能够在这样一所大学举办摄影展是一件令人愉快的事情。

在开幕式的致辞中，梁志强表示，摄影展是一个很好的情感沟通、文化交流的平台，欢迎中国艺术摄影学会和各省艺术摄影学会的摄影家常来肇庆，拍摄美丽的肇庆，宣传发展中的肇庆。

中国艺术摄影学会成立于1988年，是隶属文化部主管的国家一类社团，目前有6000多名会员，分布在全国各行各业，多为非职业摄影师。（记者　郭杏连　刘春林）

——2013年6月23日“肇庆市人民政府”网

详见：http：//www. zhaoqing. gov. cn/jjzq2011/xwdt/zqyw/201306/t20130623_ 208689. html

肇庆工商学院被授予广东省企业家培训基地

西江日报讯（通讯员　韩治国）近日，广东省经济学家企业家联合会、广东企业家理事会联合发文，授予肇庆工商学院“广东省企业家培训基地”。

“基地”的建立，将进一步深化我院青年学子的创业就业行动，帮助大学生树立正确的择业观和创业信心，搭建校企合作的新平台，帮助大学生走向社会、走进企业。“基地”的建立，必将有效地达到加强校企合作，共赢互利，为促进大学生创业就业的目的，为推动全省创业经济发展做出新的更大贡献。

——2013 年 7 月 14 日《西江日报》A1 版

详见：http：//xjrb. xjrb. net/xjrb/20130714/index. htm

肇庆工商学院吹响升本“冲锋号”
“省考”已过下月迎“国考”

西江日报讯（通讯员　韩治国）今年七月，肇庆工商职业技术学院升格本科工作获得省高校设置委员会通过，目前正在积极迎接国家教育部专家组 10 份的检查评估。昨日，该院在庆祝教师节活动中对全体师生作动员，全力迎接评估。

为夯实硬件条件，该院董事会在肇庆高新区购买了占地 240 亩、建筑面积 8 万多平方米的新校区，用作产学研基地；同时斥资改善校园环境，务求以最好姿态迎接专家的升本评估。

当天，该院还表彰了一批优秀教师、优秀辅导员、优秀工作者等，鼓舞士气。

——2013 年 9 月 9 日《西江日报》“要闻 A4 版”

详见：http：//xjrb. xjrb. net/xjrb/20130909/index. htm

工商学院举行教职工环校园健身跑比赛

10 月 29 日是肇庆工商职业技术学院十七周年校庆的大喜日子。下午，学院教职工十七周年环校园健身跑比赛隆重举行。全体教职员工约 600 人参加了活动。董事长谢建平发令，副董事长莫秀全等领导在前面带头，12 只代表队浩浩荡荡出发。

本次比赛已是肇庆工商学院第三届校庆环校跑。全体教职工从校内西区篮球场出发，经紫荆大道，到北岭山绿道，再从学院北门，经中山公园时全体合影留念，最后回到出发地点西区篮球场。到达终点后，董事会和学院领导抽出 16 名幸运儿。幸运儿每人均获得学院生日的“大红包”并手持印有大字的纸牌，构成了全体工商人对学院十七岁生日的祝福，构成了全体工商人的伟大梦想：“预祝肇庆工商职业技术学院升本成功！”（韩治国）

——2013 年 11 月 13 日《肇庆教育》第二版“新闻版”

北岭大讲堂宣讲十八届三中全会精神

昨天（20 日）下午，一堂精彩的十八届三中全会精神解读报告以“北岭大讲堂”的形式在肇庆工商学院学术报告厅举行。

经济学博士、教授、博士生导师、该院教务处处长吴宇晖围绕十八届三中全会召开的背景、改革的十大创新等课题，站在中国经济发展的高度，深入浅出地为学院领导和教师进行了生动的解读，使广大教师更加深入地了解和掌握了党的十八届三中全会精神，更加明晰了新形势下教育工作的思路和目标，也更加增强了进一步做好教学科研工作的信心和热情。

吴宇晖教授着重分析了经济建设与政治建设、文化建设、社会建设、生态文明建设的关系，透析了稳增长、调结构、促改革面对的各种风险挑战，同时，展望了中国高等教育的未来发展之路。吴宇晖教授的讲座既有理论上的深入分析，又有工作实践中自己的独到见解，具有很强的理论性和实践操作性。（记者　陈树佳　通讯员　韩治国　报道）

——2013 年 11 月 22 日“肇庆广播电视台”

详见：http：//www. zqgd. net/ZqgdWeb/DisZqXwNews. html? newsId = 9360

本会与肇庆工商职业技术学院签署战略合作协议

为贯彻落实广东省委、省政府关爱新生代产业工人的工作部署，帮助更多新生代产业工人提升素质，有效服务广东产业转型升级。2013 年 11 月 27 日，广东省经济学家企业家联谊会与肇庆工商职业技术学院在广州市举行战略合作协议签字仪式。广东省经济学家企业家联谊会副会长兼秘书长李克伟、副会长暨南大学黄文峰教授、副秘书长杨庆华、朱英斌；肇庆工商职业技术学院副董事长莫秀全、肇庆工商职业技术学院副院长、继续教育学院院长刘志坚、继续教育学院副院长张平等双方主要领导出席了签字仪式。

仪式上，广东省经济学家企业家联谊会副会长兼秘书长李克伟和肇庆工商职业技术学院副董事长莫秀全分别代表双方签署了战略合作协议。双方表示：将充分发挥双方资源优势。建立长期、稳定的战略合作关系。为企业和院校搭建了一个务实、全面、长效的合作平台。构建终身教育体系，共同推进和落实广东省“企事业单位在职人员的职业素养提升、职业能力提升、专业能力提升”等职业培训教育工作，使新生代产业工人成为建设幸福广东的骨干力量。为广东经济和社会发展提供人力资源保障。(崔晓云)

——2013 年 12 月 5 日“广东省企业家网”

详见：http：//www. gdecen. cn/shownews. asp？ id = 2032

[为珠三角发展建言献策]

长春理工大学国家大学科技园落户肇庆国家高新区

今天上午，肇庆高新区管委会、长春理工大学、肇庆工商学院三方在肇庆高新区签约共建长春理工大学国家大学科技园肇庆分园，同时举行揭幕仪式。这标志着长春理工大学国家大学科技园肇庆分园正式落户肇庆高新区。肇庆市委常委、高新区委书记关鹏，高新区管委会主任陈清，市科技局局长、高新区委副书记关键，长春理工大学校长于化东、副校长史国权，肇庆工商职业技术学院董事长谢建平、副董事长莫秀全、院长王元良等参加签约和揭幕仪式。

合作内容包括成立国家大学科技园肇庆分园有限公司，同时组建华南光电技术公共实验室，主要业务体现在提供公共技术支持、引进孵育科技企业、开展科技咨询服务、推进人才培养集聚。三方合作在于充分发挥肇庆高新区的产业、政策优势，长春理工大学的科研、人才优势，肇庆工商职业技术学院的平台、职业技能培训优势，三方建立产学研长期合作关系。待条件成熟时，创建长春理工大学研究生分院和长春理工大学肇庆分校，为广东经济转型产业升级培养高层次技术和管理人才。

据了解，为保证合作项目顺利进行，肇庆工商职业技术学院提供基础设施建设和配套资金500万元，肇庆高新技术产业开发区管理委员会将视科技园建设情况给予500万元资金资助，支持华南光电技术公共实验室建设。

据悉，今年9月14日，长春理工大学副校长史国权、产业处处长李振辉等应邀到肇庆高新区进行考察，与肇庆高新技术产业开发区管理委员会、肇庆工商学院达成初步合作意向。11月7日，市科技局局长、高新区委副书记关键带领肇庆高新区及肇庆工商学院相关领导赴长春理工大学与该校党委书记骆孟炎、校长于化东等进行进一步磋商。11 月 26 日——29 日，长春理工大学专家组赶赴肇庆，通过肇庆市科技局和高新区科技局的组织，与二十多家企业接洽座谈，确定光电技术实验室的重点研究方向。

长春理工大学介绍

长春理工大学是一所以光电技术为特色，光、机、电、算、材相结合为优势的教学研究型大学。学校 1958 年由中科院创办，著名科学家，中科院院士、中国工程院院士王大珩院士为主要创始人、第一任院长。学校先后隶属于中国科学院、国防科委、五机部、机械委、机电部、中国兵器工业总公司；1999 年，被划转为以吉林省管理为主，并与国防科工委共建；2002 年，更名为长春理工大学；2004 年，被确定为吉林省重点大学。现为吉林省、工业和信息化部、长春市共建院校；2012 年入选百所“中西部高校基础能力建设工程”院校。被誉为“光电领域里的一支尖兵”。

——2013 年 12 月 11 日“广东省人民政府政务论坛”

详见：http：//bbs. southcn. com/thread－7571763－1－1. html

2014 年

以高职为基础，以升本增动力，
以改革促发展，协同创新强校
广东工商职业学院召开 2013—2014 学年
第二学期干部动员大会

2 月 28 日下午，广东工商职业学院召开 2013—2014 学年度第二学期干部动员大会。学院副董事长莫秀全，院长王元良，副院长丁孝鹏、戴文跃、张石峰、刘志坚，院长助理吴桂新、林显华，财会总监江雪珍，人力资源总监李佳丽等领导，各部门和系部 130 多名领导干部参加。

王元良做了新学期工作部署和安排。将新学期工作用四句话进行了概括："以高职为基础，以升本增动力，以改革促发展，协同创新强校。"

王元良强调，新学期要做好九项主要工作任务：一是做好平安稳定工作，确保师生安全，建设和谐稳定校园，创建公平的办学环境；二是实施招生工作的改革，要针对民办高职院校的新变化新情况做出相应的调整，加强网站建设，充分利用现代信息手段来进行招生的宣传，同时加大招生、培养工作的改革力度；三是加强专业建设，加紧人才培养模式改革的进程；四是推进协同机制创新强校工程；五是进一步加强育人环境建设；六是提升教师、技术、管理队伍，继续引进和培养学科领军人、专业带头人、优秀青年教师；七是系、部中层管理干部队伍换届，明确岗

位设置、优化能力结构；八是做好后勤管理工作，高度重视食品卫生和安全；九是继续“升本”准备工作。

莫秀全在总结性发言中回顾了广东工商职业学院2013年的升本准备工作。他认为，过去一年里，学院在加强硬件建设和内涵建设以及升本的各项准备工作方面都取得突破性的进展，这些基于全院上下做出的努力。他同时分析了现存的问题与不足，并要求在未来的发展中，加强改革创新意识；强化专业建设，加紧校园建设，树立学院标志性建筑；加快学院的改革发展，加快调整人才培养结构，适应现代应用技术型大学建设的需要。

魏尚荣简单介绍了本学期党委的工作安排，其中包括开展党的群众路线实践教育活动、教职工代表大会、团代会的选举等。(冯峥)

——2014年3月24日《中国高校之窗》

详见：http：//www. gx214. com/news/mbyxxw/index_ 241. html

广东工商职业学院更名揭牌

本报肇庆讯（记者于敢勇　通讯员冯峥、梁欢欢）昨天上午，广东工商职业学院（原肇庆工商职业技术学院）举行更名揭牌仪式。

广东工商职业学院的前身是1996年创立的肇庆工商职业学校，1999年改名为肇庆工商专修学院，又在2004年成为省政府批准、教育部备案的肇庆工商职业技术学院，并于2009年通过广东省高职高专人才培养评估，目前已经发展成为设有八系二部、拥有专职教师600多人的高等院校。建校18年来，该校先后为社会培养了生产、管理、服务第一线的高素质、高技能应用型人才3万多人。

——2014年5月21日《广州日报》A13

详见 http://gzdaily.dayoo.com/html/2014-05/21/content_2634336.htm

人才既要“明德”也要“顶用”

5月20日，肇庆工商职业技术学院正式更名为广东工商职业学院，学院董事长莫秀全在接受信息时报记者专访时表示，更名标志着学院办学上了一个新平台。要抓住这个机遇，进一步夯实办学基础，名副其实地代表广东省高职，培养能用好用的人才。据了解，办学十八年来，该校以“培养未来中小企业家的摇篮”为办学理念，创立了“大学生创业孵化中心”和“大学生素质拓展训练基地”，为社会培养高素质、高技能应用型人才3万多人，更以99.3%的平均就业率在同类院校中位居前列。

人物特写

一年四季都住学校

身为广东工商职业学院的副董事长，莫秀全从创办学校的第一天起，始终怀着对学校、对教育的热爱去办学。和许多投资人不同，曾是老师的他一年四季都住在学校里，抓住一切机会和学生交流。莫秀全表示，民办学院的运作不仅要懂得市场的运作规律，还要遵循教育的规律去办学，这是一门需要终生学习的学问。

当今世界之潮流，是知识经济年代，知识改变命运！纵观社会种种贫穷和富裕之现象，不读书的穷‘穷根难断’，不读书的富‘富不长久’。办更多的大学，是让更多的孩子通过读书改变命运，这是值得我们一生去奋斗的事业。

——莫秀全

牢牢抓住教书育人这一核心

信息时报：您的办学理念是什么？

莫秀全：我认为职业学院不光是教会学生知识和技能，或培养赚钱意识，更重要的是教会学生如何做人。大学的宗旨是育人，特别是要坚守大学之本，重塑大学之魂，在教学、科研、社会服务等现代大学多重功能的复杂矛盾中牢牢把握住教书育人这一核心。

信息时报：学院如何通过具体的措施来实现育人的目标？

莫秀全：首先是环境育人。我们学院坐落在肇庆七星旅游度假区，一草一木，一步一景都融入了教育的功能。如中山公园内新落成的明德阁，“明德”就是加强道德的自我完善，这也是我们办学的宗旨所在。我们还开设了一系列国学必修课程，让学生诵读国学经典，提升人文素养。

此外，公益也是我们的一大教育目标。我们通过居家养老项目，让学生参与培养更多的志愿者，我们承接了省残联残病人就业技能的培训。所以我们的学生都很善良、有善举，这也是我们学院的一大亮点。

信息时报：您理想中的广东工商职业学院学生应具备哪些特质？

莫秀全：有良好的品行基础，有过硬的专业知识和技能，进入社会上岗就能好用顶用，按我们的校训就是：“重知识、更重能力、尤重品德”。一次有位法院院长说，他们单位名牌大学毕业生云集，但每次进电梯向他问好的全都是我们的学生。我听了非常高兴，这也体现了我们学院的文化。

培养老中青优质师资队伍

信息时报：教职工队伍是一所学校可持续发展的重要因素，但在民办大学，想短时间内培养一支既年轻、职称又高的教师队伍不太现实。请问广东工商职业学院如何培养自己的教师队伍？

莫秀全：一方面，我们在全国聘请了一些专家教授，像吉林大学等名牌大学退下来的高职称教师。另一方面，我们经过十几年办学，已经培养出了一批中青年骨干教师。学院开展了“百人工程”，对100名中青年骨干教师进行重点培养。目前我们进新教师起码要硕士生，严把进口关。

信息时报：您曾“三顾茅庐”，邀请吉林大学的王元良教授前来担任学院院长，基于何种初衷与愿景？

莫秀全：一所大学能否办好就看顶层院长的高度。王院长不仅有着落地生根的先进理念，而且在品行上、德行上、学术上、管理上各个方面都是全院教职员工的标杆。只有这样的院长，才能引领学院走向新高度。（信息时报见习记者　何倩仪）

——2014年6月25日《信息时报》

详见：http：//edu. ifeng. com/gundong/detail_ 2014_ 06/25/37004004_ 0. shtml

提升办学品位和实力　培养德才兼备人才

2014 年 5 月 20 日，肇庆工商职业技术学院正式更名为广东工商职业学院，标志着学校办学从此掀开崭新的一页。办学十八载，学院以“培养未来中小企业家的摇篮”为办学理念，凝练“海纳百川，坚韧执着”的办学精神，创立了“大学生创业孵化中心”和“大学生素质拓展训练基地”，为社会培养高素质、高技能应用型人才 3 万多人，更以 99.3% 的平均就业率在同类院校中名列前茅。

日前，学院董事长莫秀全接受了《中国教育报》的采访，诠释了学院的办学理念和育人目标。

最重要的是教学生做人

记者：这次更名给学院带来了什么？

莫秀全：更名对于学院来说是一个非常好的发展机遇，标志着学院办学上了一个新平台，有利于学院品牌的打造，有利于学生对学校的选择，也有利于学生的就业。我们要抓住这个机遇，进一步夯实办学基础。当前我们的办学目标，一是培养能用好用的人才，服务本地的社会经济；二是重视科研工作，解决本地企业所急需的生产力问题，提升学院的办学品位和品牌实力。

记者：有人认为职业学院只需教给学生专业技术和赚钱的头脑，您的办学理念是什么？

莫秀全：大学倡导一种什么样的价值观很重要，价值观造就大学的气质。我认为职业学院不光是教会学生知识和技能，也不能仅仅培养赚钱意识，更重要的是教会学生如何做人。能力可以在工作中慢慢提升，但做人却像树的根，根深才能叶茂。做人要有良好的修为和品德，要不断地修炼自己，只有根基打好了，建树才会更大，每一步才会走得更稳。分数和成绩只是暂时的，为人处世却是一辈子的。大学的宗旨是什么？当下很多大学都是急功近利多招生，而我认为大学的宗旨是育人，在于弘扬光明正大的品德，在于使人达到一个完善的境界。先要把学生教好，然后才能发展科研。办大学要有良心，要追求大学的精神品质。特别是要坚守大学之本，重塑大学之魂，按教育规律办教育，按教育规律办大学，要在教学、科研、社会服务这等现代大学多重功能的复杂矛盾中牢牢把握住教书育人这一核心，重塑大学之魂，就是要坚守大学精神，面对各种利益诱惑，老师应静下心来教书，潜下心来育人。

学生没毕业就安排完了

记者：学院如何通过具体的措施来实现育人的目标？

莫秀全：首先是环境育人。办大学就是办一种氛围，除了课堂教学，整个校园环境都在育人。我们的学院坐落在七星旅游度假区，近些年，校园环境更美了，内涵建设更丰富了，一草一木，一步一景都融入了教育的功能。你不要小看这些，我们每天进步一点点，几年就大变样了。

这些年，我们开展的国学教育也收到了良好的效果。为了传承中华优秀传统文化，我们开设了一系列国学必修课程。公益也是我们的一大教育目标。我们倡导学生要有一种社会责任感和社会担当，要帮扶贫困家庭和弱势群体。我们还办了居家养老项目，通过这个项目，让学生参与培养更多的志愿者，我们承接了省残联残病人就业技能的培训。所以我们学院出去的学生都很善良，有善举，积极参加各种公益活动。这是我们学院的一大亮点，也是刻在学生身上的一种特质。

记者：说到特质，您理想中的广东工商职业学院学生应该具备哪些特质？

莫秀全：有良好的品行基础，有过硬的专业知识和技能，进入社会上岗就能好用顶用，按我们的校训就是："重知识、更重能力、尤重品德"。让我欣慰的是，我们的学生都非常有礼貌，有爱心，有善心。我们的毕业生很抢手，还没有毕业就安排完了。

学院简介

广东工商职业学院是2004年经广东省人民政府批准成立、国家教育部备案的一所具有颁发国家学历文凭的高等职业学院，由谢建平女士和莫秀全先生共同创办。前身是始建于1996年的肇庆工商职业学校以及创建于1999年的肇庆工商专修学院，2009年顺利通过广东省高职院校人才培养工作评估。

办学十八年来，学院已形成了管理学与工学并重，工、管、艺、文协调发展的专业结构。现有工商管理系、经济管理系、财会系、建筑工程系、机电工程系、计算机应用技术系、应用外语系、艺术设计系、公共教学部和思政教学部等8系2部，开设42个专业（方向），全日制在校生11，000多人。现有专任教师540多人，专任教师中研究生学历的占36%，副高以上职称的占31.5%。2007年以来毕业生总体就业率都在全省同类院校名列前茅。

学院坚持"校企合作，工学结合"的办学思路，按照"知识

+能力+素质”三位一体的人才培养模式，全力培养具有创业素养的高素质、高技能型专业人才。以就业为导向，开设适合区域社会经济发展的实用专业。

学院先后被国家教育部教科所等组织机构评为“人民满意的民办大学”、“中国最佳工商类民办大学”、“中国最具有前景的民办大学”、“广东省肇庆职教基地建设先进单位”、“改革开放30年中国十大品牌高等职业院校”、“广东省十佳民办高校”、“广东省民办高等职业教育竞争力10强”单位。

——2014年6月25日“大洋新闻”《信息时报》

详见：http：//informationtimes. dayoo. com/html/2014 - 06/25/content_ 2670211. htm

广东工商职业学院董事长莫秀全：
大学的首要宗旨是育人

2014年5月20日，南国广东的一所美丽的校园里彩旗飘扬、一片欢腾，一场更名揭牌仪式正在学校的凯旋门前隆重举行。这一天，肇庆工商职业技术学院正式更名为广东工商职业学院，标志着学校办学从此掀开了崭新一页。办学十八载，学院以“培养未来中小企业家的摇篮”为办学理念，凝练“海纳百川，坚韧执着”的办学精神，创立了“大学生创业孵化中心”和“大学生素质拓展训练基地”，为社会培养高素质、高技能应用型人才3万多人，更以99.3%的平均就业率在同类院校中名列前茅！今天，学院正以更加高昂的姿态，从广东走向全国，去开创广东职业教育的新高度！

问：非常荣幸能够参加广东工商职业学院的更名揭牌仪式，这次更名给学院带来了什么？

莫秀全：更名对于学院来说是一个非常好的发展机遇，标志着学院办学上了一个新平台，有利于学院品牌的打造，有利于学生对学校的选择，也有利于学生的就业。省里对我们更名也很重视，给予我们大力的支持。我们要抓住这个机遇，进一步夯实办学基础，名副其实地代表广东省高职。去年为了实施升本工程，我们的相园土地面积、校舍建设、师资建设、专业建设、课程建设、特色建设等，都上了一个台阶。当前我们的办学目标，一是培养能用好用的人才，服务本地的社会经济；二是重视科研工作，解决本地企业所急需的生产力问题，提升学院的办学品位和品牌实力。

问：有人认为职业学院只需教给学生专业技术和赚钱的头脑，您的办学理念是什么？

莫秀全：大学倡导一种什么样的价值观很重要，价值观造就大学的气质。我认为职业学院不光是教会学生知识和技能，也不能仅仅培养赚钱意识，更重要的是教会学生如何做人。能力可以在工作中慢慢提升，但做人却像树的根，根深才能叶茂。做人要有良好的修为和品德，要不断地修炼自己，只有根基打好了，建树才会更大，每一步才会走得更稳。分数和成绩只是暂时的，为人处世却是一辈子的。大学的宗旨是什么？当下很多大学都是急功近利多招生，而我认为大学的宗旨是育人，在于弘扬光明正大的品德，在于使人达到一个完善的境界。先要把学生教好，然后才能发展科研。办大学要有良心，要追求大学的精神品质。特别是要坚守大学之本，重塑大学之魂，按教育规律办教育，按教育规律办大学，要在教学、科研、社会服务这等现代大学多重功能的复杂矛盾中，牢牢把握住教书育人这一核心，重塑大学之魂，就是要坚守大学精神，面对各种利益诱惑，老师应静下心来教书，潜下心来育人。

问：学院如何通过具体的措施来实现育人的目标？

莫秀全：首先是环境育人。办大学就是办一种氛围，除了课堂教学，整个校园环境都在育人。我们的学院坐落在七星旅游度假区，近些年，校园环境更美了，内涵建设更丰富了，一草一木，一步一景都融入了教育的功能。你不要小看这些，我们每天进步一点点，几年就大变样了。你看我们中山公园内新落成的明德阁，它是一种精神物象，是校园的文化之魂。“明德”出自儒家经典《大学》中的一句话：“大学之道，在明明德，在亲民，在止于至善”。这句话指出“大学”的宗旨就在于弘扬人性中光明正大的品德，使人达到最完善的境界。“明德”就是加强道德的自我完善，教人做一个善良、正直、有道德的人，这也是我们办学的宗旨所在。

这些年，我们开展的国学教育也收到了良好的效果。为了传承中华优秀传统文化，我们开设了一系列国学必修课程，如《国学概说》《弟子规》《论语》《孟子》《老子》《庄子》等等，让学生诵读国学经典，提升人文素养，增强民族自豪感。此外，公益也是我们的一大教育目标。我们倡导学生要有一种社会责任感和社会担当，要帮扶贫困家庭和弱势群体。我们在办了居家养老项目，通过这个项目，让学生参与培养更多的志愿者，我们承接了省残联残病人就业技能的培训。所以我们学院出去的学生都很善良，有善举，积极参加各种公益活动。这是我们学院的一大亮点，也是刻在学生身上的一种特质。

问：说到特质，您理想中的广东工商职业学院学生应该具备哪些特质？

莫秀全：有良好的品行基础，有过硬的专业知识和技能，进入社会上岗就能好用顶用，按我们的校训就是："重知识、更重能力、尤重品德"。让我欣慰的是，我们的学生都非常有礼貌、有爱心、有善心。我们的毕业生很抢手，还没有毕业就安排完了。到了单位以后，也不会这山望着那山高，相对比较专注、稳定，愿意从基层做起。在"大学生创业孵化中心"，我们的学生很多当过老板，知道老板的艰辛，也知道老板需要什么样的人，所以心态好，留得住，发展潜力大。我经常碰到很多单位夸赞我们的学生很好用。上次法院的院长对我说，他们单位名牌大学毕业生云集，但每次进电梯向他问好的全都是我们的学生，我们的学生是最有礼貌的。我听了非常高兴，这也体现了我们学院的文化。

问：教职工队伍是一所学校可持续发展的重要因素，学院如何培养自己的教师队伍？

莫秀全：在民办大学，要想在短时间内培养一支既年轻、职称又高的教师队伍不太现实，所以我们采用老中青相结合的办法。一方面，我们在全国聘请了一些专家教授，像吉林大学等大学退下来的高职称教师。另一方面，我们经过十几年办学，已经培养出了一批中青年骨干教师，他们已成为学校最具创造力的群体。学院开展了"百人工程"，对 100 名中青年骨干教师进行重点培养，提升他们的学历和职称。目前我们进新教师起码要硕士生，严把进口关。

当今社会经济发展很快，把人心也变得功利浮躁，这也影响到了部分大学老师，有的人做一点点事就斤斤计较，缺少奉献精神。因此，我们十分注重师德培训，把学生的德育和教师的师德融合在一起，倡导师生共读《三字经》《弟子规》等经典。如今，我们的队伍是一支充满活力、团结向上、热爱学生的队伍，是具有创业创新精神、对事业有执着追求的队伍。我们各系的团队带头人都有一种高风亮节，一种责任和专注。

问：去年，您和谢董曾经"三顾茅庐"，邀请王元良教授前来担任学院院长，您为什么如此看重王院长？

莫秀全：一所大学能否办好就看顶层院长的高度。院长是领头羊，是灵魂，没有思想和思路是办不好大学的。为什么办大学？如何办好大学？办一所什么样的大学？院长应该有一个高瞻远瞩的视野。王院长在吉林大学当了十多年的教务处长和校长助理，又一手创办了吉林大学珠海学院，对民办教育有着深刻的理解，有着这样丰富经历的校长正是我们所需要的。王院长不仅有着落地生根的先进理念，而且在品行上、德行上、学术上、管理上各个方面都是全院教职员工的标杆，真正做到了以德服人。只有这样的院长，才能团结广大教师，只有这样的院长，才能引领学院走向新高度。

问：作为学院的举办者，谢董和您不仅是学院的创办者，更是倾尽全力办学的教育家，你们对学院的未来有什么期望？

莫秀全：我们真心希望把广东工商职业学院打造成一所学

生、家长、社会都尊重和向往的大学。实现这个目标要做的事情很多。我们希望学院所培养的人才是受社会欢迎的、独立自主的、有发展潜力的。我们要下苦功，从专业设置到人才培养模式都朝着这一目标去做。我们希望社会各界人士一提起广东工商职业学院就会翘起大拇指夸奖，希望学生对学院有一种归属感，以学院为自豪……这些都需要我们保持对学生高度的责任感，坚持不懈地努力。

教育是永无止境的。我们两个董事长从创办学校的第一天起，就把教育看成是一件无比美好的事情。我们始终怀着对学校、对教育的热爱去办学，甚至用生命去做这件事。和许多投资人不同，我们一年四季都住在学校里，抓住一切机会和学生交流，因为我们也曾是老师，我们的一些创业理念、处世态度也经常拿来跟学生分享。我们对教育也有自己的理解，民办学院的运作不仅要懂得市场的运作规律，还要遵循教育的规律去办学，这是一门需要终身学习的学问。(田也)

——2014 年 7 月 2 日《中国教育报》第 10 版

详见：http：//paper. jyb. cn/zgjyb/html/2014 - 07/02/content _ 419991. htm？div = -1

奏响广东高职教育春之乐章

——王元良与广东工商职业学院的这一年

高职院校正迎来前所未有的机遇

这一年，提到广东工商职业学院的完美蜕变，就不得不提一个关键人物——王元良。

2001年末，在吉林大学担任多年校长助理的王元良教授来到南方考察，在珠海引进大学的蓬勃浪潮中，他牵头创办了吉林大学珠海学院，并担任珠海学院的院长。短短十年间，吉林大学珠海学院从一片渺无人烟的荒地变成了一所拥有2万6千名在校本科生的著名独立学院。2012年下半年，王元良从吉林大学退休离开珠海学院，但他的教育使命却并未就此结束。广东工商职业学院的两位董事长——谢建平和莫秀全多次登门邀请，他们求贤若渴的眼神深深地打动了他，让他走上了学院新一任院长的岗位。

办学者最需要的是审时度势，而王元良正是一个这样的人。十多年来穿梭于公立大学和民办学院积累的丰富经验，让他很快就对民办职业教育的形势做出了准确的判断。

"当下，高职院校正在迎来一个前所未有的发展、创新机遇。首先，我国经济平稳健康发展需要大量专业人才，和十年前不同的是，十年前大量缺少农民工，但随着我国产业升级转型，大量需要智力型劳动力，这正好为高职教育提供了一个绝佳的机会。其次，近几年国家教育部门越来越重视职业教育，政府部门对高职教育的投入也越来越大。像广东省政府部门通过一些项目对民办高职给予引导性的经费支持，鼓励民办高校提高质量，办出特色。"

那么，民办职业学院该如何抓住机遇、克服困难呢？王元良指出，高职院校要认真探索新形势下求学（研究教育对象和社会需求）、办学（调准办学定位，积淀办学特色）、教学（改革教学模式，提高教学质量）、治学（加强学风建设，博得社会信任）的问题，并形成根据区域经济社会发展需要调整和建设专业的动态机制。学校领导、各部门、特别是各系院，都要根据自己的办学历史和发展状况，深入了解学校所在区域的经济产业发展情况。如广东省的主导产业是先进制造业、生产性服务业和电子信息产业，学院的学科必须紧盯这三大产业，各系建立的专业群要和主导产业的产业链对接。此外，高职更多的是看市场，学院要创设专业设置和专业调整的动态机制，按照“产业引导专业、专业服务行业、行业促进就业”的原则来创新、调整、建设专业。

在牵手合作中走出自己的路

在深入分析办学形势的基础上，王元良很快提出了明确的办学思路——“借政府的力，牵企业的手，搭名校的车，走自己的路”。近一年来，广东工商职业学院在与政府、企业、名校的牵手合作中，不断开创自己的办学特色。

最为引人瞩目的是，2013 年，学院在肇庆大旺国家高新区购买了 283 亩土地和 10 万平方米建筑，与高新区管委会、长春理工大学合作创建了“长春理工大学国家大学科技园肇庆分园”，三方共同出资金出技术创建光电技术公共实验室，为师生科研实验构建了良好的平台，同时又能零距离地为当地相关企业提供技术服务。为了开展合作，长春理工大学派来七位专家，与学院老师和高新区科技部门的同志一起走遍了肇庆的企业，从调研梳理的具体问题中提炼出一批技术研发项目。分园的落成彰显了四大意义：一是落实了政校企协同创新的强校机制；二是实实在在地为区域经济发展，尤其是企业技术开发做贡献；三是不断提升学院的办学实力和影响力；四是通过项目和科研开发锻炼和提升年轻教师。

除了与政府部门和名校合作，与企业牵手一直是广东工商职业学院的优良传统，学院目前已跟省内外 200 多家企业建立了良好的合作关系。王元良上任后，除了继续推行原有合作，更努力将相关企业引进到学校里来。

学院引进惠翎婚纱企业投资40多万元，在实训中心建立了一个巨大摄影棚，不仅可以合作开展婚纱摄影和艺术摄影等，还提供学生拍摄微电影，在学生实习的同时也可以宣传美丽的校园。台资顺达电脑厂有限公司在学院创建了焊锡工艺实训室，企业提供50个工位焊锡设备，今年6月11日又赠送价值40万元的服务器和终端机，校企共同成立了教学指导委员会、专业建设指导委员会、教材编写委员会，由企业出资、校企合作编写出版的4本教材《计算机生产实务》《计算机组装与维护》《计算机专业英语》《焊锡工艺》已投入使用，深受学生欢迎。每年暑假，学院还会把青年教师派到顺达电脑厂，在岗上进行实习实训，已经培训14人。此外，学院正在跟肇庆汽车行业协会在校园里合建4S店……

“我经常跟企业宣传这个理念，你跑遍全国去招工，面试一个学生也就10分钟，成功率并不高。我们开设一些实用性强的课程，企业派人到我们这里来上专业课，通过教学和考试你可以了解学生，挑选一些学生到你单位实习。经过半年实习，这个孩子动手能力怎么样？思维怎么样？人际交往好不好？企业都可以全面考察。双向选择好之后，往往成功率是很高的。像顺达电脑厂，我们按照行业标准、企业需求、专业规范，每年举办100人的‘订单班’，已有400多名学生在企业顶岗实习，之后有好多学生毕业直接就留在那儿了。”王元良说。

校企合作的方式多种多样，目前王元良正在考虑开展半工半读。当前依然有一些偏远地区的孩子，由于各种原因读大学困难，而有些企业又特别需要人。王元良摸索到，一些企业的生产具有明显的季节性，像中山有一家玩具企业就是专门在圣诞节前后给美国大量生产玩具的。为此他提出预案，每年生产忙季的时候，学生去工厂顶岗实习，淡季的时候回到学校上课，顶岗实习期间企业按照员工待遇，既完全解决了读书费用的问题，又培养了学生工作的能力，还为企业解决了劳动力之需。这样的职业教育让贫困地区的孩子多了一条选择之路，既满足企业需要，也满足家长需要，既是教育平台，也是一件善事。

自从来到广东工商职业学院，王元良几乎每周都要和各系主任跑企业，好多企业已经跑了两次，看到有些企业在大门口树立高大的“大量招工”绿色标牌，他深深地感觉到，只要培养对路，经过良好的职业教育和训练的人才是被大量需求的。近几年，学院学生的就业越来越好，学生可以自主选择企业，顶岗实习每月可以获得2500元到3000元的生活费。而且企业还经常到学校要人，企业的需求正是学校的发展动力！“现在南方的企业越来越理性，不是说学历越高越好，而是考察学生的职业道德和首岗能力究竟如何。这是一次新浪潮、新博弈，如何博弈？就是知己知彼，彼就是社会、行业、企业；己，就是学生自己有几斤几两。我们要把两者有机地结合起来，认认真真地做一点事情。”王元良说。

思想文化素养与职业核心技能塑造优质学生

作为一所现代职业学院，学生的出路是重中之重，而培养什么样的学生也是院长亟须考虑的事。王元良认为，职业学院的学生，首先要有较高的思想文化素养如自身的敬业精神、团队的合作意识、社会的责任感等等，另外要有符合行业标准、企业需要的职业核心技能。希望广东工商职业学院的校友有个“三不”的道德底线：处人不勾心斗角，为官不贪腐渎职，从商不假冒伪劣。

培养学生的思想文化素养除了政治思想教育，最主要的是通过丰富的社会活动。学院每次开展活动都要组织很多学生义工，培养学生对学院的热爱，让学生积极参与学院的大事。在谢董和莫董高度的人文修养的影响下，学院十分重视国学教育，重视中华传统文化的传承，许多毕业生都热心投身于公益事业。

而培养学生的职业核心技能，一是要密切产业、行业、专业、就业的关系：产业引导专业、专业服务行业、行业促进就业。二是理顺实验、实训、实践、实习的关系：实验——教学型设备和环境，实训——仿真型设备和环境，实践——工业型设备和环境，实习——生产型设备和环境。学院要求各系系主任、教研室主任到本系毕业生集中的相关行业企业深入调研，提炼出每个行业、同类企业用人需要的职业核心技能，然后通过课程配置、教学模式和实操环节来培养学生，保证学生掌握核心技能。掌握了核心技能的学生容易进入其他业务流程和领域，对其他行业也能触类旁通。如会计专业的核心技能有三个方面：一是要非常熟悉报税的流程，二是要有很好的成本核算的知识和技能，三是要非常熟悉财务报表。如幼儿双语教育专业，通过系主任和老师们大量走访幼儿园，概括了“6 懂 17 会”的核心技能，包括：一懂英语，会教幼儿英语，会用英语与讲英语的外国人进行无障碍交流；二懂幼儿心理，会保育儿童，会营养配餐；三懂书画，会硬笔书法、简笔画和素描；四懂音乐，会一门乐器，会唱歌跳舞做游戏；五懂礼仪，会着装，会化妆，会跳交谊舞，会用西餐；六懂生活，会开车，会使用电脑，会做菜，会茶艺，会插花。

除了培养职业核心技能，每个系还根据实际探索适合本系的教学模式。如艺术系总结了“教学做”三位一体的教学模式。该系先给学生教授基本的理论知识，让学生牢固掌握基础，然后在课余给学生布置作业，让学生自主学习，在课程结束之前，每个人要完成一件作品。这种理论加实践的模式很受学生欢迎，每个学生都很认真，每件作品都非常专业、颇具创意。每年，艺术系毕业生的作品展总是最夺人眼球，环艺设计、空间布局设计、整套装修、产品模型等，很多直接拿去就可以生产。

在王元良看来，教育是一个终身的过程，学生到企业以后可能要转岗，企业和社会还要继续实行职业教育，因此他提倡学校、家庭和社会共建一个现代高等职业教育的闭合回路。比如一个人从技术人员要变成现场工程师，有好多东西不是单靠学校培养的，而是要自己自悟，也需要单位不断提高培训。因此职业教育要和终身教育紧密结合，形成一个完整的教育体系。高职教育要避免成为“断头桥”，努力为那些想继续学习的孩子铺好道路，这也是学院未来的一项责任。

“当前民办高校校长要有一种特殊的心理素质：少生抱怨，多看增量。我们的教育目标不是追求教育的绝对值，而是加大学生在三年里的成长增量，让家长感受到自己的孩子上大学三年的积极变化，也是一种成功。”王元良对于高职的育人目标，有着清晰而理性的看法。

双向机制培育双师型教师

职业学院的发展需要一支高水平的教师队伍，对此王元良亦是用心良苦。他提出学院要培养两种类型的教师。第一类是针对基础课教学需要的学科型教师，他们对本学科掌握非常透彻，理论功底深厚，讲课训练有素，善于把抽象的学科理论知识形象化，把复杂的问题简单化，能让学生听懂、理解、有用。第二类是针对专业课的“双师型”教师，这类教师不仅要有丰富的专业知识，更需要有很好的行业背景和突出的专业技能，学院不单单追求他们的高学历，更注重他们的实际操作能力。王元良常常问老师们：“教动画的老师，你是否亲手做过动画片在媒体播出？教环境设计的教师为哪家客户实际设计过园林景观或室内装修方案？如果一位教师能够在专业课堂上告诉学生哪些专业项目是我主持的，学生马上就会提起专业精神、充分相信教师、增强学习欲望。”

学院如何培养一批优秀的“双师型”教师呢？一是从企业请进来，将企业一些经济积累比较丰厚、需要减轻经营压力、向往大学校园生活的优秀工程师甚至中层领导引入高校来从教；二是派教师到企业去，有的教师是读完硕士、博士直接来学校工作，这类教师需要到实际部门补实操课。比如每年暑假，学院都要派年轻的计算机教师到校企合作基地——顺达电脑的生产线上去实习，刚开始老师也有意见，但实习回来后发现很有收获，再给学生讲课时内容更丰富了，再讲到实际操作部分心里更有底了。此外，每位老师还要带领学生在企业实习半年。学生实习期间，学院安排双导师指导，除了学院的老师，还会从企业选择有一定文化基础、任职经验丰富、认真负责的企业导师进行指导。

在双向机制的推动下，学院的教师队伍成长迅速，科研项目也硕果累累。2013 年，梁楚华教授带领青年教师和技术人员为企业量身定做的专利产品——“全自动生料带分卷机”将把劳动密集型企业转变成技术密集型企业，现正在组织生产。全冠学老师发明的汽车节能产品，同样获得了国家专利……

近一年来，王元良在学院管理方面也开展了几项改革。一是对原有校部管理机构进行调整、精简、合并，提高了办事效率。

二是将管理重心下移，实行“系主任全面负责制”。两大改革，引领学院的管理走向了更高的境界。

今天，在学院更名为广东工商职业学院的历史当口，王元良认为这八个字的校名中，最重要的是“职业”二字，对于学校而言是办学定位，对于教师而言是教学要求，对于学生而言是培养目标。在王院长高屋建瓴的引领与开拓中，我们仿佛看见，学院的未来将更加欣欣向荣，我们仿佛听见，广东高职教育正在奏响春之乐章！（田也）

——2014 年 7 月 2 日《中国教育报》第 10 版

详见：http：//paper. jyb. cn/zgjyb/html/2014 – 07/02/content _ 419991. htm？ div = –1

广东工商学院表彰优秀教师

9 月 10 日，广东工商职业学院隆重举行庆祝教师节暨优秀教师表彰大会，表彰一批优秀集体和优秀教师。

近三年来，广东工商职业学院加大了对科研工作的扶持力度，该院教师承担市以上科研课题 30 多项，出版学术著作和教材 40 多部，获得国家专利 5 项，在省级以上刊物发表学术论文 200 多篇，在校企合作、科研成果运用等方面也取得显著成效。（记者　肖莎莎　通讯员　韩治国　来源：西江日报）

——2014 年 9 月 11 日《肇庆市人民政府》网

详见：http：//www. zqgd. net/ZqgdWeb/DisZqXwNews. html？newsId = 11356

广东工商职业学院新生报到创历史新高

9月13、14日，广东工商职业学院2014级新生注册报到，人数达4700人，创历史新高。

今年5月20日，肇庆工商职业技术学院更名为广东工商职业学院，全院师生抓住机遇，深化内涵建设，学院名片再一次擦亮，家长认可度进一步提升，社会影响力再度扩大。该院今年计划招生6500人，共录取考生6592人，80%以上为第一志愿考生，最低录取分数线比往年有很大提高。

目前，广东工商职业学院共有8个系67个专业，从注册报到情况看，经济管理系报到学生最多，近800人；特别值得一提的是，该院艺术设计系今年报到新生近500人，在艺术专业招生普遍低迷的情况下，该院的艺术设计系从三年前的100多人发展到今天的超过1千人。（记者陈树佳，通讯员韩治国报道）

——2014年9月16日“肇庆广播电视台”

详见：http：//www.zqgd.net/ZqgdWeb/DisZqXwNews.html?newsId=11382

徐萍华到肇庆高新区调研新型研发机构发展工作时强调

大力支持新型研发机构建设　加快建设现代科技工业城

10月18日，市委书记徐萍华到肇庆高新区调研新型研发机构发展工作，强调高新区要大力支持新型研发机构建设，推动科技成果转化，充分激发市场活力，促进产业转型升级，加快建设现代科技工业城。

徐萍华重点考察了长春理工大学科技园肇庆分园项目。该项目由肇庆高新区管委会、长春理工大学、肇庆工商学院三方共建，充分发挥肇庆高新区的产业、政策优势，长春理工大学的科研、人才优势，肇庆工商职业技术学院的平台、职业技能培训优势，以光电技术实验室为重点研究方向，为本地企业提供公共技术支持、引进孵育科技企业、推进人才培养集聚。徐萍华详细了解科技园产学研合作情况，特别是推动科技成果转化情况，与科技园负责人交流座谈，探讨如何建立科研项目市场化运作机制。

徐萍华强调，肇庆高新区作为国家级高新区，要认真贯彻落实好全省新型研发机构建设现场会精神，大力实施创新驱动发展战略，高度重视发挥新型研发机构在促进产业转型升级中的作用，致力于培养强大的科研力量，支撑企业技术改造，实现产业的转型升级，加快建设现代科技工业城。长春理工大学科技园肇庆分园有雄厚的科研技术实力，在开展科研、培养人才的同时，要更加注重科技成果的转化，让科研技术优势进入市场，激发活力，不断培育孵化出好项目和新经济增长点。肇庆高新区和相关政府部门要大力支持科技园发展，推动科技园进入市场，寻找战略合作方，帮助科研成果通过融资或与企业合作尽快见效益。

徐萍华实地考察了肇庆高新区污水处理厂一期项目。该项目第一阶段日处理2.5万吨污水工程已完成主体建设，通过严格的尾水处理工艺，处理后的污水排放可达地表四类水质标准。徐萍华对该项目建设给予肯定，希望该项目建成代表肇庆国家级高新区水平的标杆示范工程，进一步提升高新区环保工作水平。

徐萍华还到澳雪国际和中恒（大旺）国际生物医药物流产业

基地项目调研，希望两个项目加快推进，早日达标达产。

市委常委、肇庆高新区委书记关鹏参加调研。（记者 刘哲 特约记者 吴文颂 方斌）

——2014年10月19日《肇庆市人民政府》网站 来源：西江日报

详见：http：//www. zhaoqing. gov. cn/jjzq2011/xwdt/zqyw/201410/t20141019_ 262774. html

国家大学科技园肇庆分园：以市场为导向的科技创新服务平台

一年前，肇庆国家高新区、吉林省长春理工大学和广东肇庆工商学院三方签约共建“国家大学科技园肇庆分园”。经过一年来的前期建设，园内设备、人员已基本到位，预计明年开春即能实现正常运行。该科技产业园的投入使用无疑将加快科研成果转化，促进我市高新技术产业持续高速发展，助推企业转型升级。

据统计，我国每年有数万项科研项目通过验收，其中不乏被鉴定为“国内首创”乃至“国际领先”的项目，但其中仅有不到20%被转化为实际生产力，形成产品推向市场。可以说在以往很长一段时间内，技术研发和市场需求之间存在明显脱节。

长春理工大学产业管理处研究员杨东林认为，此前的科技储备主要以高校、研究所为主体，这一类研究机构通常都在追求前沿的科学技术，离市场化运作比较远，在成果转换方面不尽如人意。而后政府开始把经费投入到企业中，并要求高校与企业对接。这种做法往往只能实现单一项目的成果转换，却无法培养企业自主的科研创新能力。

对此，广东工商职业学院副院长戴文跃有个形象的比喻：高校科研机构像树根，而企业像树杈。资源，或者说营养，只集中在树根上无法开花结果，只集中在树杈上则无法枝繁叶茂。而以大学科技园为代表的新型科研机构，恰为二者搭建了一个以市场为导向的科技创新服务平台，有效整合各方资源。理论成果通过大学科技园向各个实际应用领域延伸，最终转化为实际生产力。

国家大学科技园肇庆分园作为一个公共技术服务平台，对高校科研发展有着促进作用，同时也面向地方企业提供服务。该科技产业园集合了高新区的产业、政策优势，长春理工大学的科研、人才优势以及广东工商职业学院的职业技能培训优势，在加快科技创新人才集聚的同时，为中小型科技企业提供有利发展环境。科研机构与园内企业的联系紧密但不单一，避免了科研资源被束缚在某一企业或某一项目上。当企业孵化成功后，将被要求迁出产业园。此时，企业可以就地在高新区落户，享受二次政策优惠。在前后 6 至 8 年的优惠政策培育下，企业将拥有足够的自我造血能力和生产规模，并以此实现增资扩产。（西江日报唐千雨　特约记者方斌　通讯员王娟）

——2014 年 12 月 4 日《西江日报》“要闻”A3 版

详见：http：//xjrb. xjrb. com/xjrb/20141204/index. htm

2015 年

郭锋会见长春理工大学考察团 加强产学研合作 提升科技创新能力

1 月 27 日，市长郭锋在湖滨楼会见前来考察调研的长春理工大学党委书记骆孟炎一行，商讨加快长春理工大学国家大学科技园肇庆分园的建设，开展更深入广泛的合作。

郭锋表示，近几年我市经济社会发展取得长足进步，去年多项主要经济指标增幅居珠三角前列，科研院校、科技投入、产学研合作发展态势良好。1 月 26 日肇庆东站正式启用，标志着我市进入高铁时代，大大缩短了与珠三角核心城市的距离，区位优势进一步凸显。他指出，长春理工大学是全国知名大学，在光机电领域有明显的优势，共建科技园对推动我市光机电产业集聚发展、抢抓珠江西岸先进装备制造产业带发展机遇具有战略意义。市委、市政府高度重视双方的合作，全力推动合作深入开展，希望尽快把这个平台搭建起来，借助长春理工大学在人才、技术、项目、产业等方面的支持，加强产业的发展研究，提升科技创新能力，加快项目引进和建设。

骆孟炎表示，肇庆有桂林的山，西湖的水，风景秀丽，是一个发展宝地。长春理工大学国家大学科技园肇庆分园建设进展顺利，希望尽快把科技园建设好，充分发挥长春理工大学的科研和办学优势，尤其是光机电领域的技术优势，进一步深化与政府、企业和当地高校的合作，实现互利共赢。

在肇庆期间，考察团到肇庆高新区考察了长春理工大学国家大学科技园肇庆分园建设，并到绿宝石电子、骏驰科技、风华高科实地调研。据了解，肇庆分园于2013年12月在高新区签约挂牌，目前一号楼和二号楼装修完毕，华南光电技术公共实验室一期设备已完成安装调试，可满足基本科研需要。

市委常委、市政府党组成员陈定坤，市政府秘书长莫优年参加会见。(记者　刘小洪　特约记者　梁爱玲)

——2015年1月28日《西江日报》

详见：http：//www. zhaoqing. gov. cn/jjzq2011/xwdt/zqyw/201501/t20150128_ 274709. html

工商职业技术学院谢建平：办人民群众满意的学校

西江网讯（记者　郝蕊区冠威）2月5日下午，市十二届人大五次会议的人大代表分组审议政府工作报告。在分组讨论会上，来自肇庆工商职业技术学院的谢建平代表认为，政府在支持民办学校发展的过程中，希望能够把国有闲置的资产出租或者转让给民办学校来支持和扶持民办教育。

谢建平代表说，听了郭锋市长的政府报告，非常感动，非常振奋人心，肇庆终于有高铁了，有自己的森林公园了，这些都是惠及民生的实事。在2015年政府工作计划中，对电商的培育，对人才的引进都是谢代表所关注的，特别是对民办学校的扶持，全力推进长春理工大学国家科技园落户肇庆工商职业技术学院的项目，都给民办学校带来很大的动力。谢建平代表表示，作为民办教育界的代表，在市委市政府的大力支持下，一定会不遗余力的把学校办好，办让人民群众满意的教育。

——2015 年 2 月 6 日“西江网”

详见：http：//www. xjrb. com/2015/0206/250531. shtml

广东工商职业学院荣获省首批创新创业示范校殊荣

今日肇庆网讯　近日，省教育厅下发《关于公布第一批广东省大学生创新创业教育示范学校的通知》，广东工商职业学院被评为首批广东省大学生创新创业教育示范学校，入选学校共 10 所，该院是唯一一所民办高校。

该院特别重视电商发展，目前该院创新创业基地包括校内 283 亩的高新区大学生创业园区、2 万多平方米的大学生电商实战基地、1. 5 万平方米的大学生创业孵化中心、1. 5 万平方米的创新创业培训基地，还包括东方亮居家养老服务中心、惠翎婚纱摄影等校内创业实体和创业孵化基地。

目前，该院与老 A 电商正式签约，达成长期合作协议；与中国人寿达成三年培训 1500 人的合作协议。本年度该院把“一园一链”作为工作的重中之重，“一园”是大学科技园，“一链”是电子商务链，实施双引擎驱动。(作者：韩治国)

——2015 年 3 月 23 日《今日肇庆网》

详见：http：//www. zq. net. cn/News/zhNews/2015 - 03 - 23/47777. html

广东工商职业学院与电商老 A 签约

双方成功签约。

今日肇庆网讯　3 月 22 日下午，广东工商职业学院副董事长莫秀全代表该院广东东方亮科教投资有限公司，著名老 A 电商吴元轼代表广州承森管理咨询有限公司正式签订双方电商合作合同。合同明确了双方设立经营“东方亮华南电商孵化加速产业园”的初步商业目标，确定了双方合作的权利与义务。老 A 电商主要负责运营软件、技术支持、服务平台等，持有合资公司 40% 股份；广东工商职业学院主要负责资金、场地、设备等，持有合资公司 60% 股份。

老 A 电商学院由鬼脚七、“老 A”（吴元轼）等一批电商精英创立，是目前国内规模最大的电商培训机构，拥有 26 万线上学员，现正在全国布局近 200 家线下分支机构。（作者：韩治国）

——2015 年 3 月 23 日“今日肇庆网”

详见：http：//www. zq. net. cn/News/zhNews/2015 - 03 -

23/47778. html

华南电商孵化加速产业园落户广东肇庆

启动现场。　黄耀辉　摄

中新网　肇庆4月9日电（黄耀辉　陈明红　韩治国）9日下午，国家战略级别电商基础服务建设项目——华南电商孵化加速产业园开园仪式在广东工商职业学院启动。

来自广州等地的110多位企业家和广东工商职业学院2000多名师生，现场听取了上海元轼信息咨询有限公司董事长吴元轼（著名电商老A）的开园首场“讲座”。

据悉，该项目将投入2亿元进行园区建设，提供1万多个大学生创新创业实践场所，学生可“零成本”入驻实现创业就业。

“如果可以的话，我很想去那里实践一下。”广东工商职业学院工商管理系大一女孩徐晓伟对电商孵化加速产业园很感兴趣，她称，今年 3 月初她尝试创业，在淘宝网上投入 1000 元注册了一个服装店，对园区“零成本”入驻表示非常期待。

据介绍，华南电商孵化加速产业园区，由广东工商职业学院与上海老 A 电商集团合作共同创建。该园区落户于该院的大旺国家高新区科技园，占地 283 亩，首期建筑面积 8 万多平方米，拟投资 2 亿元，建立创业孵化区、高级创业区、生活区、运动休闲区、景观区，二期还将再建 8 万平方米。整个园区完善后可容纳 1 万大学生在园区接受培训和创业。

“把这个园区建在肇庆，主要是因为这里创业氛围浓厚，学生创业意识强，而我们正好可以在学生身无分文的时候，帮他们一把。”吴元轼说，老 A 电商有完整的电商培训系统、营运系统、货源供应系统，完善的后台服务可以让学生从零开始，免去后顾之忧，实现轻松创业。

据介绍，园区将提供 1 万个创业实践场所，1 万台电脑和手机。吴元轼表示，“只教实践不讲理论，手把手地教导，保证让每个人都能赚到钱。”

老 A 集团两年内拟在全国建 300 家电商孵化加速产业园，肇庆为首家。除大学生外，园区还吸收退伍军人、残疾人士、失业人士，帮助弱势群体实现创业。

广东工商职业学院副董事长莫秀全表示，园区为大学生的创业提供可操作、可落地的实战平台。该产业园的建设是学院今年的重点工程，以创业带动就业，培养更多电商人才。

——2015 年 4 月 9 日《中国新闻网》

详见：http：//www. chinanews. com/df/2015/04 –09/7196523. shtml

帮扶大学生创业 让大学生放飞创业梦想
广东省经企联领导考察广东工商职业学院

本刊讯 4月21日，广东省经企联执行会长何礼森一行到广东工商职业学院大旺国家科技园、广东工商职业学院校区进行实地考察，专门就帮扶大学生创业进行专题调研，省经企联常务副会长兼秘书长李克伟，常务副秘书长朱英斌、戴志明，常务副秘书长兼创业服务中心主任陈阳新等相关人员陪同，受到了省经企联常务副会长、广东工商职业学院副董事长莫秀全的热情接待。学院院长王元良、党委副书记丁孝鹏出席了交流会。

在交流会上，丁孝鹏副书记对省经企联的来访表示热烈的欢迎，并简要地介绍了学院的基本情况，殷切地希望省经企联能一如既往地支持学院大学生创业中心发展，并详细介绍了该院创新创业教育的基本情况，着重介绍了该院教育、模拟、实战结合一体的创新创业教育模式，还重点提及该院在大旺校区建设以创新创业教育及电商为主的创业学院的设想。

陈阳新主任介绍了省经企联与共青团创业中国茅台集团（广东）创业联盟合作开展的大学生创业项目，以扶持和服务大学生创业为主题，通过开发大学生创业平台，解决大学生创业资金不足、创业大学生缺乏经验等困境，从而为大学生创建实现“创业梦”的平台与机遇，为培养未来的大学生企业家做出贡献。莫秀全副董事长表示，此次省经企联到广东工商职业学院来“相亲”，强强“结合”，将对广东工商职业学院发展起到积极推动作用。

会上，省经企联常务副会长兼秘书长李克伟与广东工商职业学院莫秀全副董事长就帮扶大学生创业，签订了战略性合作协议。

何礼森执行会长一行参观了科技园研发大楼各个楼层展厅与光电实验室，认真了解了该园区的的设计理念、发展战略，并到展厅、样板间参观进行深入考察。莫秀全副董事长等人详细介绍了园区内的建设情况。（韩治国）

——2015 年 4 月 22 日《聚行业创业》

详见：http：//entrepreneur. juhangye. com/201504/weixin_ 383927. html

朱小丹黄龙云王荣率队赴深莞惠珠中江广佛肇三片区
现场检查珠三角“九年大跨越”新进展

今年全省推进珠三角“九年大跨越”工作会议召开前夕，12 日至 13 日，省委副书记、省长朱小丹，省人大常委会主任黄龙云，省政协主席王荣分别率队，来到深莞惠、珠中江、广佛肇 3 个片区，现场检查珠三角九市去年以来实施《珠三角规划纲要》、推进“九年大跨越”的新进展、新成果。

2014 年，省委、省政府做出了以实施《珠三角规划纲要》为总抓手，推动珠三角地区加快转型升级优化发展的重要部署。两天来，检查组深入珠三角九市，实地察看各地转型升级和科技创新、重大项目和平台建设、技术改造和骨干企业培育、参与“一带一路”和广东自贸试验区建设、绿色低碳生态发展情况。

在深莞惠片区，朱小丹先后来到东莞市考察了麻涌华阳湖湿地、虎门港沙田港区西大坦区码头、华为终端东莞基地、松山湖国际机器人产业基地，到惠州市考察青年河综合整治、信利AMOLED、潼湖生态智慧区、中海油惠州炼化二期、中海油乐金ABS一期，到深圳市考察比亚迪动力电池项目、广深港客运专线福田站、柔宇科技有限公司。

在珠中江片区，黄龙云考察了珠海市的高栏港经济区规划展示厅、三一海洋重工产业园、海洋石油工程（珠海）、珠海银隆新能源、长隆国际海洋度假区、珠海国际会展中心，中山市的中国（大涌）红木文化博览城、中山美居产业园、广东明阳风电、木林森公司、星光联盟灯饰LED照明博览中心，江门市的广东轨道交通产业园、江门海信产业园、珠西智谷、江门大道工程。

在广佛肇片区，王荣考察了广州市的海珠新型有轨电车试验段、金域医学检验、广州超级计算中心、一呼百应网络技术有限公司、广州机械科学研究院、乐金显示（中国），佛山市的广工大数控装备协同创新研究院、广东东方精工科技、一汽—大众佛山工程二期、佛山市国星光电、佛山新城中德工业服务区，肇庆市的宝信金属实业、广东三向教学仪器制造、长春理工大学国家大学科技园肇庆分园、华南环境治理医院、广东鸿图科技、广佛肇高速公路及城际轨道交通项目。

朱小丹、黄龙云、王荣充分肯定珠三角九市一年来认真贯彻落实省委、省政府关于推进珠三角地区“九年大跨越”的决策部署，取得一系列可喜进展。要求认真总结推广各市在推动绿色低碳发展、创新驱动发展、大力实施“互联网+”行动计划、以信息化促进产业转型升级等方面的好经验、好做法，积极主动作为，继续先行先试，奋力推动珠三角地区改革发展再上新水平。

省领导马兴瑞、任学锋、李嘉、招玉芳、刘志庚，广州市市长陈建华，深圳市市长许勤参加检查。

——2015 年 5 月 14 日 “广东省人民政府网站”

详 见：http：//www. gd. gov. cn/gdgk/gdyw/201505/t20150514 _ 213087. htm

广东工商职业学院获得 2015 年省级民办教育发展专项资金

本报讯　根据有关文件精神，广东工商职业学院成功申请到省级教育专项资金。其中，“工商企业管理专业建设项目”、“电子商务专业建设项目”分别获得 2015 年省级民办教育发展专项资金 90 万元资助，“模具设计与制造专业建设项目”获得省级民办教育发展专项资金 115 万元资助；“师资队伍建设项目”继去年获得专项资金 100 万元专项资金资助，今年再获得 100 万元的资金资助，四个建设项目合计获得 395 万专项资金资助。

该院将严格执行省教育厅、省财政厅的文件要求，加强资金管理，专款专用，在促进专业优化升级、培养中青年骨干教师和“双师型”教师等方面，发挥极其重要的推动作用，并推动广东工商职业学院的教育教学更好更快的发展。（韩治国　荀海鹏）

——2015 年 5 月 28 日《肇庆教育》“新闻版”

省科技厅厅长到我市调研

6月1日，省科技厅厅长黄宁生率调研组到我市就实施创新驱动发展战略和科技工作开展调研。市委书记徐萍华会见调研组一行，市领导赖泽华、陈定坤、关鹏分别陪同有关活动。

徐萍华代表市委、市政府欢迎调研组一行的到来，对省科技厅一直以来大力支持肇庆工作表示感谢。她说，肇庆将进一步加大力度，按照创新驱动发展的主攻方向和主导产业，把科技创新工作落实到经济增长、转型升级和企业主体上，着力培育发展高新技术企业，大力建设新型研发机构和科技企业孵化器，推动新一轮工业技术改造，加快传统产业提质增效和经济结构调整，促进全市科技工作和经济社会发展再上新台阶。希望省科技厅对肇庆工作给予更多的指导和帮助。

黄宁生说，肇庆市委、市政府高度重视以创新驱动发展，对科技工作部署快、落实快，取得良好成效。建议肇庆进一步加强对高新技术企业的培育，增强产业带动性；加快创新平台载体建设，使其在创新驱动发展中发挥主阵地作用；加快孵化体系建设，加强对各项科技指标的监测评估，推动肇庆创新驱动和各项科技工作取得更大发展。

在肇期间，黄宁生与调研组一行考察了肇庆学院大学科技园、华南智慧城、长春理工大学国家大学科技园肇庆分园等项目。(记者　袁绫　特约记者　吴文颂)

——2015年6月2日《西江日报》A1“要闻”版

详见：http：//www. xjrb. com/2015/0602/266149. shtml

工商学院庆祝教师节　表彰先进集体和个人

今日肇庆网讯　初秋时节，第31个教师节如约而至。9月9日下午，在鲜花、掌声、音乐和聚光灯渲染的氛围中，广东工商职业学院师生员工代表欢聚一堂，共同庆祝这个属于教师的盛大节日。

“弘扬高尚师德，争做‘四有’好老师”是本次庆祝大会主题。学院评选出来的先进集体6个，优秀教师、优秀辅导员、优秀教育工作者、科研工作先进个人110人；获得各级政府和科研机构表彰的集体4个和个人52人依次登台领奖，接受全校广大师生的热烈祝贺和温馨祝福。

据悉，广东工商职业学院从2014年教师节开始增加了对科研先进个人的奖励。科研先进个人包括教师承担市级以上课题，出版学术著作，获得国家专利，省级以上刊物发表学术论文等，特别在校企合作，科研成果运用于企业生产方面取得显著成效的个人。(作者：韩治国)

——2015年9月10日“今日肇庆网”

详见：http://www.zq.net.cn/News/zhNews/2015-09-10/51213.html

广东工商职业学院社会科学界联合会成立

10月28日下午，在广东工商职业学院19周年校庆期间，广东工商职业学院社会科学界联合会揭牌成立。成立大会在行政楼报告厅举行，广东省社会科学联合会副巡视员、广东社会科学大学执行校长白雄奋，肇庆市社会科学界副主席周春辉，肇庆学院社会科学界副主席、宣传部长杨迎春，广东工商职业学院董事长谢建平、院长王元良、副院长陈伊娜出席会议并在主席台就坐。八系骨干教师与教研室主任参加成立大会，党委书记魏尚荣主持。

雄壮的国歌声中，大会拉开帷幕。魏尚荣宣布了广东工商职业学院社科联第一届委员会第一次会议的选举结果：王元良当选为社科联主席，陈伊娜、韩治国当选为副主席，刘英当选为秘书长，于立新、王敏、王文玲、孙维义、刘希彦、张石峰、易伟义、薛国庆8位教授当选为第一届委员。

王元良发表讲话。他简单回顾了广东工商职业学院在工科与文科两方面近年来取得的科研创新成果，他认为学院今后创新强校工程应包括工科的科技创新、文科的社科创新以及教育教学的创新。他说，目前广东工商职业学院44个专业，有29个是人文学科，约占到专业数的66%，文科教师占到教师数的60%左右，文科学生人数占到53%左右。他认为，社科联的成立是广东工商职业学院发展史上的一件大事，将有力推动广东工商职业学院哲学和社会科学研究的向前发展。对于今后学院社科工作，他认为应该从四个方面去努力：广泛动员，发挥广大教师参与社科工作的积极性；搭建平台，为广大青年教师成长创设条件；做好纽带，建立多方面的社科渠道；提升水平，为当地经济建设和社会发展服务。

杨迎春对广东工商职业学院成立社科联表示祝贺，表达了肇庆学院愿与工商学院共同努力，通过全方位的合作交流，在职业教育领域共同建立新功的意愿。

周春辉分享了自己“四个感想、三个建议、两个祝福”的体会。四个感想：省、市社科联的大力支持是引领；工商学院广大教师的努力是主体；学院19年办学的沉淀是基础；兄弟院校的帮助是助推。三个建议：围绕中心，服务大局；加强联动与交流；争取多方支持，多出成果，多出精品。两个祝福：社科工作实现开门红；各位教师工作顺利，事业有成，万事顺遂。

白雄奋代表省社科联表达了衷心的祝福。对于今后学院社科工作的开展，他提出三点建议：坚持理论联系实际，围绕中心，服务社会；加强联合，多出成果；加强联动，开展多层次全方位的学术交流活动、科技服务活动，推动学院快速发展。

最后，全体与会人员移步到凯旋门中庭，隆重举行揭牌仪式，见证广东工商职业学院社会科学界联合会的成立。（通讯员：韩治国　陈凯明　郭筱瑜　王伟聪　曾繁栋　方钰玲　朱晓琦）

——2015年10月29日“中国高校之窗”

详见：http：//www. gx211. com/news/20151029/n7885309330. html

广东工商职业学院召开升本工作专题会议

11 月 18 日下午，广东工商职业学院召开升本工作专题会议，部署升本具体工作。院领导王元良、丁孝鹏、刘志坚、陈伊娜、陈敬联、林显华、吴桂新出席，职能部门助理与八系二部教研室主任以上干部参加。陈敬联主持会议，陈伊娜做具体工作部署，王元良总结讲话。

陈伊娜对教育部《关于完善本科学校设置工作的指导性意见》教发司【2013】178 号文件有关要求进行了说明，结合学校 2014 年升本工作计划及任务分解对下一步工作进行了具体安排部署。并针对资料整理过程中发现的问题，提出要求，一是补充原目录要求的档案材料；二是根据教育部【2013】178 号文件有关要求，各系部、各部门按要求及时补充完善相关印证材料，完善档案建设；三是既要保质保量，又要在规定时间内完成。

王元良在总结讲话时对下一步升本工作做出明确要求：一是要全体动员，人人出力，不辞辛劳，在认真完成本职工作的同时，对升本材料反复斟酌，点滴领会，不能出现任何纰漏。二是增强紧迫感，加强学校内涵建设，按照分工做好各自工作。三是增强责任心，层层把关，高质量完成档案资料建设工作。

陈敬联希望大家既要看到困难，更要看到曙光，只要大家一条心，升本目标一定能够实现。（通讯员：韩治国　陈凯明）

——2015 年 11 月 20 日“中国高校之窗”

详见：http：//www.gx211.com/news/20151120/n5366317161.html

Mr. MO：BUILT A SCHOOL FOR MY DREAM
莫秀全：为了圆梦办名校

文/谢健江

我的老师说，古代有诸子百家，现代从事写作的是作家，画画的是画家，教育人的是教育家，唱歌的是歌唱家……现在“教育家办学”引起社会的关注，能迷住我的其中有广东工商职业学院副董事长莫秀全。

朋友说莫秀全气息文雅，活泼潇洒，率真幽默，不激不厉。我与他促膝而谈，觉得如果仅仅盯着这些“儒雅”，也许就淹没了一个教育家的情怀、立场和抱负。

“中国未来发展、中华民族伟大复兴，关键靠人才，基础在教育。”这是时代的召唤。莫秀全心态平和而又幸福地说，要感谢百废待兴的时代，才诞生了这间学院。我们了解到，开创广东工商职业学院历史，从选址，征地，建校，招生，经历了莫秀全19年的办学心路，从中等办起，穿过专修岁时，升为普高学院，规模之大，发展之快，超出我想象。从百名学生，发展到万名学员；校名从肇庆，冠上广东，“千亩园地，万人大学”，名声著岭南，成为广东最美的学院。

在每人的人生历程中，都有其梦想，莫秀全心中的梦想就是把广东工商职业学院办成百年名校。

建筑也是一种文化

很多人说这个学院生态与建筑很美，我信，因为莫秀全了解中国古代岳麓、白鹿洞、崇阳、应天四大书院，依山傍水，师法自然，也明白西方学院的简约清新。于是，广东工商职业学院坐落“端州屋脊，百粤瑶池”之中，简中求奇巧，繁中求奇趣，在所有自然环境中都精心塑造人文景观，并且中西合璧，古今并擅，使学院具有独特的艺术魅力，成为高校建筑艺术之花。

纵观古今中外名校，标志性建筑都有独特之处，或古拙，或俊俏，或庄重，或大气，或丰伟，或潇洒，或肃穆，或飞动，把建筑物形成与、具有一定风格特色。学习别人的经验就是延长生命，缩短到达成功的道路。莫秀全独树一帜办名校，他说，建筑就是一种文化。从总体规划到分步实施，标志性的建筑在建设上都有名校风格。学院每个建筑物，都有文化元素，都有他的理念。

环顾四周，建筑文化与校园文化“共舞”。这里的学院牌坊、明德阁、中山公园、樱花园、杜鹃园、日月湖、葫芦湖、孔子像、图书馆、创业沙龙、电子商务中心、半山公寓、凯旋门广场等等，精美绝伦，是学院学子心中文化的代名词，使人生有了文化的高度和宽度。建筑文化的体验是如此，人生的其他体验是否也是如此?

这些建筑物，已经静静地伫望一批又一批学员的成长，在天地之间凝固了师生的表情。构造他们内心深处的，不仅仅是一方雕像，一座建筑，一个场所，还饱含着那些浪漫的、凄美的故事。

用建筑物启迪心灵！某秀全用自己的方式，给我们解读着“明德阁”取《大学》中的“大学之道在明明德，在亲民，在止于至善”之意，意思是办大学的宗旨在弘扬光明正大的品德，教育学生做一个正直善良的人。“日月湖”取得天地灵气，阴阳平衡之道；中山公园“天下为公”境界等等生动形象的趣味故事。

他把建筑文化转化为精神的享受。也就是说，读书人在精神上与建筑物相沟通、相交流，从而陶冶、净化、提升自己的心灵世界。如果缺少了精神，无论如何壮观的场面，也是变得没有文化。

莫秀全认为，精神和文化是教育的根，办学校办的是一种氛围就是校园文化。

为社会点亮一盏灯

莫秀全出生在高要一个淳朴的农村家庭，父母都是厚道的农民。然而，莫宣卿状元“耕读人家”的家风一直影响着他，骨子里带着“读可荣身”的秉性，坚信“知识改变命令”，18 岁考进大学校门，19 岁加入中国共产党，成为读书创业的一代。

莫秀全的基本经历是读书，教师，办学。读书时，他受到周恩来“为中学崛起而读书”情愫的牵引，一直以来牢记于心：“周恩来这句至理名言，一直鼓励着我，一步一步走过来。我觉得现在对每个学员来说，这个理念也不过时，现在正需要共筑中国梦。”

他做教师，爱教育，更追求一种书生豪放之气，“唯有爱才是促进文明的因素”，他表现在教书育人的示范实践上，从家的文化想到中华文化，把中国文化的国学精华彰显于学校，传授于学生，服务于学生。后来，他在建校时也建了一个国学院。

选择办学建校，是莫秀全人生的目标。他从“一介书生”，变为一间学院的副董事长，对自己的目标非常明确，首先是一个“教书匠”，然后才有别的身份。他说从教学到办学，又在另一个领域去扩展，这个我觉得非常好。所以一路走过来不觉得辛苦，反而让我感到惬意。然后，莫秀全儒雅地说：“我办学，目的是为社会点亮一盏灯。”

“办学就是为社会点亮一盏灯!”这石破天惊之言，令我心头一震。是啊，灯只能照明，否则，将失去存在的意义。“我们为什么不能在人生的过程中为社会点上一盏灯呢，哪怕是一盏路灯，只要能照亮那些学生求知的方向。”莫秀全点燃这一盏灯，就是愿天下学子都是社会精英。使人们相信“只要人人都献出一点爱，世间将变为美好的人间。”

诚然，办学不容易，门槛较高，而且每年都要投入。因而，莫秀全说：“要有企业家的眼光，也要有教育家的情怀，才能办好一间学校。”那么，什么是教育家的情怀呢?“情”是一种至诚至高的感情，“怀”是一种信仰和信念的广阔胸怀，两者统一就是情怀。要成为“家”，就要有“家”的胆识、大度和风范，有团队精神和协作精神。这是对“教育家办学”特别是民办大学实践的最好诠释。

民办大学的成长之路，不是刻意追逐的名利进取之途，而是智慧与心血凝结的艰辛渐进过程。直到现在，他都是梦想着超越自我，但是这种超越往往是苦甘交织，就像是一杯浓浓的苦丁茶。

当物欲得到广泛的释放时，人往往会开始藐视崇高，精神的高度就下沉。在商品经济时代，不少朋友想说，赚钱的市道，办学院不如房地产。

面对房地产时风的浮躁，莫秀全深有感触地说：“房地产的确很诱惑，但我的初衷一生为社会做好一件事，就是办学。其实，所谓办学也是可以赚钱的。比如办一个培训班，我莫秀全就可以赚钱了。但是，我不会盯在钱的份上去做事，要想到服务社会。所有的办学都位社会服务。只有感到了服务社会高深的境界，才会起敬畏之心。”

他力求将自己的心智，贯注于办学上，贯注于为社会点亮一盏灯！朋友们还是不理解，经常“来电显示”，经常“饮茶论道”。对他人生不愉快的遭遇和亏待评头品足。莫秀全处之泰然，不萦于怀，并且一笑置之。这一笑已经难得，置之更是大度。“无论经历着怎样的困苦艰难，我都倔强地和窗外的花卉一起拥抱阳光。”

一个甘于寂静的人，是因为他有别人没有的想法，有别人没有的追求，有别人无法理解的价值观。后来，他干脆跑去北京大学读书深造，作为心灵的旅程。

穷且益坚，不堕青云之志。莫秀全学养的积淀，办学的精诚，使他胸境更加开阔，他认定，这个时代需要教育家。他由衷地说，别人做什么我们强求不了，我唯一可以做的，就是尽心尽力做好自己的事，坚持不懈办好学院，为社会点亮这盏灯不能灭！这是我对待人生的态度。

他以自身的人格魅力和卓有成效的工作，赢得朋友们的尊敬和社会的尊重。

办大学就是办文化

用教育服务于社会的莫秀全，提出将教育还原于文化，求真于“以文化人”，这是当下的办学命题，也是社会对教育家为时代担当的崇高期望。据我所知“文化”所指之意，“以文化人”，用当今用语诠释，则是指用礼仪、风俗、典籍，以教化天下苍生。莫秀全带给人们最宝贵的东西是一种对教育的责任和担当，这种责任和担当就是我们所说的教育家情怀，是真性情，做真人，说真言。

莫秀全表示，每个教育家需要从文化自觉做起，以唤起社会对文化的觉醒，从而完成一个教育家的时代担当。教化之本，出于学校。莫秀全把教育家担当意识落在人生，不仅力求“办学理论思维”的高度统一，还倡导多关注中国文化和社会发展前景。

时下兴起“办学院就是办文化的理念”，莫秀全深有体会，他深入浅出，亲切自然，娓娓道来：“高职教育就是以就业为向导的教育，但不仅是就业教育。学生在接受知识传授、技能培养的同时接受文化的熏陶；在学到业务知识的同时提高人文素养，为其一生的生活和发展都奠定基础。”

除了为师之道，莫秀全在教育理论上的建树更为人道称，很多观点与思维具有开创性。“学院需要承担教育学生的责任。因此，学院需要营造文化的深入。自古以来，争名于朝，争利于市的人，哪怕学问再高，本事再大，声名再显，也成不了真正的教育家。原因很简单，就是办教育离不开文化。向往教育，也并不等于有文化，正如有才气并不等于有才华一样，一切都要落地生根。”

他慧眼睿识地说“教育不管，也不是不管，在管与不管之间，有一个词语叫守望。学生学什么？这么学？是人生一辈子的事，学会了服务社会的技能，还要学会服务社会的精神。我们在为社会企业培养出第一线人才的同时，守望着每一位学生，通过工商职业学院的教育，培养出人身的精神种子，让学生可以呼吸高山空气，让学生可以扬眉吐气。”

我之所以不厌其烦地录下这段话，是为莫秀全的目光如炬而感动，也为他的情怀而赞叹。如果多一些这样的企业家，我们的民办大学教育一定更有希望。

我深深地感悟，民办教育也能办出品牌，也能培养身心健康而有用的人，特别是办学院就是办文化理念，形成了“知行垂范”的教风，“博知敏行”的学风，“崇德尚能”的校风，让人走得更远。当然，任何一所院校只能为学生选择人生的过程，无法选择生活本身，更不能完全决定我们的生活。然而，读书、览胜、交往……都会有近似生活的体验。

不要低估了这些民办高等教育学校，他们为国家，为社会都做出了贡献。莫秀全说，不少人知道读书难，以前搞一个学位，到处托人情，拉关系，家长殷殷的呼唤犹在耳边。现在公办学校解决不了的事情，民办增补，让更多的孩子有书读。“民办教育功德无量。”

人是教育的中心，也是教育的根本。天降雨露，地育万物，育人固然离不开阳光雨露，但无教师“厚德载物”的育人情怀，也是不能成功的。

沉淀自己的心

莫秀全有爱书和读书的习惯，可谓“如果房间里没有书，就仿佛一个人没有灵魂。”他认定读书可以明鉴，读书可以使人灵秀。他尽管社会活动不少，但却是长时间坚持修案牍，励精致性，治学不辍。

或许，我们穷尽一生亦无法接近“宁静致远”的境界，然而，崇尚宁静品质的过程，毫无疑问已经开始宁静了。美是生活，存在于现实宁静之中。莫秀全办学经历这么多年，对任何事情已养成一种习惯，沉淀自己的心。他说，心静才能听到万物的声音，心清才能看到万物的本质。

“每见人静坐，便叹其善学。”古代不少读书人总是把静坐作为理学的必修课，以清心寡欲，打消杂念。朱熹告诫读书人说：

“当静坐涵养时，正要体察思绎道理。”是啊，只有冲破名缰利锁，耐得住寂寞，经得住诱惑，方能静心读书，也方能做一个明白人。就莫秀全来说，他除了平日管理的“动”外，空余时间几乎是“静”。如何才能心静？他的方法是读书与思考。莫秀全说，做一个明白人很重要，我们是怎样走过来的，目前我们要做什么，日后如何发展？

这虽然是一个让人一看就明白的哲理问题，然而要真的明白，不是人人都想得透的。比如说，职业学院可持续发展的目标是什么？

莫秀全心存大志，既定目标，将广东工商职业学院办成“百年学校”。他说，肇庆是一座历史文化名城，有历史的支撑，也要有现代的崛起，更要有民办的介入。

诚然，成就一个事业要多方面支持，也会遇到诸多困难。换言之，发展民办高等教育仅有莫秀全个人的努力还不够，更需要深层次的破局。当然，现实问题是民办高校的、目前面临严峻挑战。外部挑战主要来自生源波动，内部挑战主要来自民办高校的办学声誉、吸引力。

面对挑战，儒风扑面的莫秀全冷静地说，本着“海纳百川，坚韧执着”的办学精神，增强学校发展的前瞻性和主动性，从变化形势中捕捉机遇。我心存建筑一所中国最美学院的信念，每天充满着力量和快乐，哪怕是千山万水，万水千山也要去做。

他富于激情地用毛泽东的《长征》诗鼓励自己开创广东职业教育新高度，让人恍若看到他的教育情怀和拼搏精神，在有效应对中化解挑战。我不禁在此引用车尔尼雪夫斯基名言，”未来是光明而美丽的，爱它吧，向它突进，为它工作，迎接它，尽可能是、地使它成为现实吧！”

从莫秀全的办学事迹中，让我不禁想到习近平主席最近讲的一段话：未来的中国，是一群正知、正念、正能量人的天下，真正的危机，不是金融危机，而是道德与信仰的危机，谁的福相越多，谁的能量就越大，与智者为伍，与善良同行，心怀苍生，大爱无疆。

我很喜欢这个教育家，他那种深文大义的，想书法家驰笔骋墨，畅寄幽情的气质，不是每个人都能目睹的。

莫秀全就是中国社会千千万万在传播正知、正念、正能量的一倫子，要实现中华民族伟大复兴的中国梦，需要无数这样的人。

——2015 年第二期《商之道》

02

二、教科研发展回顾

2011 年

肇庆工商学院举办第一届科技节
争当技术能手展现专业技能

5 月 13 日上午，肇庆工商学院田径运动场彩旗飘扬，人山人海，该院第一届科技节在这里隆重举行。市人力资源和社会保障局、职业技能鉴定中心等领导和工商学院近万名师生参加。

开幕式上，六个代表队进行现场人物速写，由观众和师生评委打分。在实训中心，举行了车工技能竞赛，由专业老师现场评分。

据悉，工商学院第一届科技节举办 18 天，有 13 项专业技能大赛，这些大赛囊括了该院六个系的专业，包括 CAD 制图竞赛、营销商务谈判竞赛、建筑模型设计与制作竞赛、英语情景对话竞赛、创业计划技能竞赛、摄影竞赛、会计手工操作竞赛等。

据科技节筹备委员会主任、学院院长陈烈强教授介绍，本次科技节围绕“培养科技意识，展现专业技能”宗旨，强化学院的育人功能，营造更加浓郁的科技氛围，提高师生员工的科技意识和科技素质，培育更多的优秀高技能人物，向社会展示学院的办学成果，同时通过表彰先进，带动和促进广大学生学习技能，提高技艺，形成尊重技能、尊重人才，人人争当技术能手的良好氛围。

通讯员　韩治国

——2011 年 5 月 16 日《西江日报》C1 – C2“教育周刊”

详见：xjrb. xjrb. net/xjrb/20110516/index. htm

肇庆工商学院迎来省高校思想政治理论课建设评估

5月25、26日，以华南师范大学理论部主任、省高校思想政治理论课教学指导委员会副主任委员陈岸涛为组长的广东省高校思想政治理论课建设评估组一行六人莅临我院，对我院思想政治理论课建设进行专项考察评估。

上午9时，我院思想政治理论课建设评估汇报会在行政楼报告厅召开。董事长谢建平，副董事长莫秀全，院长陈烈强，执行董事李玉春，党委书记魏尚荣，副院长丁孝鹏等出席汇报会。相关职能部门负责同志及思政课教师参加会议。会议由丁孝鹏主持。

莫秀全首先代表董事会和学院党政致欢迎辞。省教育厅思想政治教育处副处长朱建华和陈岸涛说明了此次省教育厅组织思想政治理论课建设评估的重要意义及考评的基本程序和要求。

陈烈强从领导重视，师资建设，教学管理，教学改革，彰显特色，以及今后加强和改进思想政治理论课建设工作的思路等六个方面汇报了我院思想政治理论课建设的基本情况。

会后，专家组通过考察办公场所，查阅材料，随堂听课，召开职能部门负责人座谈会、思政课教师座谈会、学生代表座谈会，发放问卷调查表等形式对我院思想政治理论课教学工作进行全面考察和评估。

经专家组分析讨论，陈岸涛代表专家组通报了对我院思政课建设考察评估的总体情况，充分肯定了我院思想政治理论课建设取得的成绩：充分认识人才培养的战略意义，领导高度重视；认真落实05方案，教学管理规范；科研工作有立项，有成果；师资队伍建设初见成效；课题教学效果好，学生满意度高。

专家组同时也在课程建设与教改、科研意识、师资队伍建设、特色项目建设四个方面提出希望和改进意见。

陈岸涛谈到他来到我院的感受时说，他看到了一所朝气蓬勃的学校，一所风景如画的学校。他认为肇庆工商职业技术学院为民办高等教育事业做出了杰出的贡献。

陈烈强对专家组的辛勤付出和艰辛劳动表示感谢，对专家组给予的成绩评价感到非常高兴，并表态说，通过这次评估，我们的思政课程建设工作更有目标，更有方向，也更有信心，我们不会辜负专家组的鼓励，会在困难中前行，把思政课程建设各项工作落到实处。

谢建平和市教育局直属机关党委副书记石抗分别代表学院董事会和肇庆市教育局对陈岸涛组长、专家组一行表示深深的谢意。

——2011年5月20日《广东省教育资讯门户网站》

详见：http：//www. 5184. com/gk/news/201105/201105311306823656642. html

肇庆工商学院学生参加全国大学英语四级考试

6月18日，上午9：00－11：20，在智慧楼61个考场，1819名学生紧张有序地参加全国大学英语四级考试。

这是工商学院设大学英语四、六级考点后的第一次考试，学院各级领导非常重视，各部门系部领导都到场检查，组织严密，各环节有序。考生入场时由保安和监考老师进行身份证件核实检查，严禁携带各种与考试无关物品。考试过程中，监考老师认真负责，考生遵守考纪。大家共同努力下，考试进行顺利。

为方便广大同学考大学英语四级，学院多方努力，认真按照教育部和相关部门规定要求，落实各项安全保密工作要求，强化试卷安全保密管理，从硬件到软件下了很多功夫，4 月，终于通过省教育厅的验收，批准在该院设考点。

——2011 年 6 月 22 日“广东省教育资讯门户网站”

详见：http：//www. 5184. com/gk/news/201106/20110622130 8726929452. html

肇庆工商学院表彰“校企合作”先进

12 月 23 日下午，肇庆工商职业技术学院表彰了一批“校企合作”的先进系、教研室和个人。去年，肇庆工商职业技术学院为提高学生的专业技能水平，培养学生热爱劳动、尊重劳动的职业精神，开展学校和企业合作、工学结合的办学模式，派出学生到中山和肇庆等地的公司和企业顶岗实习，受得用人单位和企业的欢迎和好评。（来源：《肇庆都市报》）

——2011 年 12 月 26 日“大洋网”

详见：http：//news. dayoo. com/zhaoqing/201112/26/73668_105428537. htm

2012年

肇庆工商职业技术学院
陈烈强院长赴中山市港口、小榄、黄圃三镇开展校企合作项目调研

日前，陈烈强院长带领校企合作办公室全体人员以及相关系部负责人一行8人赴中山市港口、小榄、黄圃三镇开展校企合作项目调研。

陈烈强一行首先到达中山市人力资源与社会劳动保障局港口分局，局长助理吴伟涛代表人社局对陈烈强一行表示热烈欢迎。在座谈时，吴伟涛表示，今年港口镇将进一步加强与肇庆工商学院的合作，尤其是香港崇高玩具（中山）股份有限公司与学院的校企合作项目。

接着，陈烈强与崇高玩具厂长黄国强进行交流，并就我院工商管理系建立崇高订单班以及工程技术系2011－2012年度第二学期学生外出顶岗实习的项目交换了意见。

当天下午，陈烈强一行赶赴中山小榄镇对五星级皇冠假日酒店进行调研，皇冠假日酒店人力资源部经理苑世钧进行接待并代表酒店洽谈。苑世钧介绍，皇冠酒店的消费群体基本上是外宾，他热切希望能与肇庆工商学院外语系进行校企合作，多渠道吸纳肇庆工商学院的优秀人才。

随后，陈烈强一行赶往黄圃镇人社局。该局副局长罗国洪热情接待并进行合作洽谈。罗国洪表示，校镇合作是我们的愿望，

贵院陈院长亲自带队来访，表示出极大的诚意，黄圃镇在接下来的工作当中，一定要把与肇庆工商学院的校镇合作工作放在首位。随后，黄圃镇人社局就业服务中心主任吴翠琼陪同陈烈强一行参观了中国500强企业格兰仕以及国有转制大型企业广重铸轧钢有限公司。

调研结束后，陈烈强表示，一定要加快校企合作工作的步伐，中山作为我院的校企合作基地，学院每个专业至少应该对口三家公司进行校企合作项目对接，只有这样，才能见到效果，才能将学院的校企合作项目推上一个新的台阶。

——www. gx211. com2012 年 3 月 6 日《中国高校之窗》

详见 http：//www. gx211. com/news/201236/n211391809. html

肇庆市工商职业技术学院与中保 PICC、广东鸿图两家大型公司签约

4 月 9 日下午，肇庆市工商职业技术学院与中国上市公司、500 强企业中国人保 PICC 南方运营中心、中国四达国际经济技术合作有限公司，广东鸿图投资有限公司签订校企合作协议，建立友好合作关系。陈烈强院长、丁孝鹏副院长等学院领导的热烈欢迎。

签约仪式在行政楼一楼报告厅举行，院长陈烈强、副院长丁孝鹏出席，校企合作办公室副主任杨耀之主持，相关系部负责人、校企合作办全体人员、师生代表 150 人参加签约仪式。

陈烈强代表学院致欢迎辞。他说，非常欢迎各位老总和企业代表来我院洽谈，与我院建立友好合作关系。校企合作有助于学

院整合社会各方面资源，提升办学层次。工商学院一定会信守诺言，与时俱进，开拓创新，坚定不移地走校企合作的办学之路。

中国四达国际经济技术合作有限公司广深分公司总经理吴星在签约仪式上表示，中国人保是一家资深的企业，对于合作的伙伴必须精挑细选，肇庆工商学院是民办教育的佼佼者，是中国十佳民办大学、广东省高等职业教育（民办）竞争力十强单位，非常符合公司的合作要求，希望通过本次的合作，促进校企双方项目的纵深开展。

广东鸿图投资有限公司董事长招振峰表示，肇庆工商学院是肇庆知名的高等院校，与肇庆工商学院合作，目的是进一步把企业的优质资源与学院教育教学资源相结合，早日发现人才、留住人才，更好地为社会和地方经济服务，达到“学校发展、企业壮大、师生提升”的“三赢”局面。

丁孝鹏代表学院与两家企业签订了合作协议。本次合作预计能提供相关专业实习岗位近400个。

——2012年4月13日《中国高校之窗》

详见：http：//www. gx211. com/news/2012413/n911795612. html

工商学院领导干部上讲台带动学风作风转变

本报讯　本学期，肇庆工商学院董事会和学院提出领导干部上讲台，下基层的要求，并列为学期主要工作之一。

据了解，本学期，该院院长陈烈强申报的是工商管理系的专业课《现代管理理论与方法》，党委书记魏尚荣申报的是法制教育讲座，常务副院长李玉春继续上他上学期以来开设的公共选修课《推销创业》，副院长丁孝鹏申报的是职业规划与就业讲座，副院长张石峰申报的是计算机应用技术系的专业课《C 语言高级程序设计》。各行政部门正副职都申报了相应的课程或讲座。

大部分师生都认为领导干部上课有利于了解教学实情，推动教学改革和创新，带动学风和作风的转变。(韩治国)

——2012 年 4 月 28 日《肇庆教育》第二版“新闻版”

肇庆工商学院与蓝盾公司共建实训基地

今日肇庆网讯　5 月 16 日，肇庆工商学院与蓝盾信息安全技术股份有限公司（下称“蓝盾公司”）共建实训基地揭牌。uq3《今日肇庆》对外宣传政府网 uq3《今日肇庆》对外宣传政府网

据介绍，实训基地共投资 361 万元，由广东省教育厅政策法规处、肇庆工商学院、蓝盾公司三方共建。基地设有三个实训室：网络攻防实训室、信息安全实训室、网络技术实训室，主要承担三大功能：肇庆工商学院计算机应用技术系相关专业课程日常教学任务；与蓝盾公司以及肇庆市政府开展相关国际信息安全 ISO27001 培训认证、INSPC 信息网络安全专业人员认证培训、网络安全通信管理员培训以及 CISP 注册信息安全专业人员培训；服务粤西地区，为计算机网络相关岗位进行计算机信息安全管理、网络应用等技能培训。uq3《今日肇庆》对外宣传政府网 uq3《今日肇庆》对外宣传政府网

据悉，总部设在广州的蓝盾公司是国家火炬计划重点企业、广东省高新技术企业、广东省双软企业、广东省网络安全技术研

究工程中心等，是国内最早从事信息安全产品研发、生产、销售并拥有自主知识产权的专业网络安全企业。2011 年 8 月与肇庆工商学院签署校企合作协议。（作者：韩治国　编辑：李洪平）

——2012 年 5 月 17 日《今日肇庆网》

详 见：http：//www. zq. net. cn/News/zhNews/2012 - 05 - 17/7958. html

省教育厅公布第一批省级高职教育重点专业和重点培育专业建设项目
肇庆工商学院两专业榜上有名

本报讯　近日，广东省教育厅以粤教高函〔2012〕115 号文件公布了第一批省级高职教育重点专业和重点培育专业建设项目，肇庆工商职业技术学院计算机应用技术系的计算机应用技术专业和工商管理系的工商企业管理专业榜上有名，确定为第一批省级高职教育重点培育专业建设项目。

省教育厅希望有关高职院校应加大对第一批省级高职教育重点专业建设项目的支持力度，按每个专业不少于 50 万元的标准进行资助和建设；同时，应主动争取举办方对省级高职教育重点专业建设项目的资金支持。根据《关于开展广东省高等职业教育重点专业建设工作的通知》（粤教高函〔2012〕41 号）要求，从构建校企合作平台、探索系统培养、深入推进人才培养模式改革、强化实践育人、建设教学团队、实施第三方评价、增强服务能力、打造专业特色、促进资源共享、加强经验推广等十个方面制定重点专业建设方案和任务书。省教育厅将组织专家进行评审。

省财政将根据实际情况，逐步加大对省级高职教育重点专业的支持力度。省级高职教育重点培育专业建设期为1－2年。省厅希望高职院校应按照理念先进、目标明确、思路清晰、改革领先、质量优越的要求，按照重点专业遴选标准，加大教学投入，强化内涵建设，适时参加省级高职教育重点专业建设项目遴选。建设期满，遴选不通过的专业，将取消“省级高职教育重点培育专业”称号。(韩治国)

——2012年10月13日《肇庆教育》第四版“职教版”

2013 年

校企合作结硕果　拓宽学子就业路

西江网讯（记者　郝蕊　通讯员　韩治国）1 月 9 日，为了解学校毕业生、实习生在校企合作单位工作生活状况，加深与用人单位间的合作，肇庆市工商职业技术学院领导前往佛山顺达电脑厂有限公司，看望在那里工作的本校实习生、毕业生。

顺达电脑厂有限公司是肇庆工商职业技术学院校企合作友好单位，自 2010 年以来，已有 280 多名该校的学生在企业实习，其中留任的 18 名毕业生已成为企业的一线技术骨干，有的更走进了企业的研发实验领域。去年 12 月以来，双方合作更是向纵深发展，创新了人才培养模式，投入资金 20 万元与学院计算机系共建实训基地，并开展了 6 个订单班，成立了教师指导委员会、教材编写委员会，编写的教材也即将印刷面世；打造专、兼教师队伍，为学院充分建立了学生实习、就业，教师教学与社会接轨的广阔平台。

据顺达电脑厂有限公司的人力资源总监李肇基介绍，肇庆工商职业技术学院毕业生不仅技术水平过硬，团队协作精神和创意能力也比较强，融入企业的能力比别的学校要好，具有较大的发展潜力，好学上进，很多都是所在部门的重点培养人才。下一步公司还将继续加大与该校的合作力度，欢迎更多的肇庆工商学子鼎力加入。据介绍，目前在此实习的 60 位肇庆工商学生，将会有近半留任，并且全部都将走上技术岗位。

09 级学生曾敏锋是学校的优秀毕业生。从实习到培训到正式留任，他一直很感激学校为自己提供的这一良好平台。他说，公司重鼓励、人性化，前辈指导尽心尽力，管理也非常科学，只要努力，就有晋升的机会，作为一名初入社会的毕业生，这样的机会难能可贵，所以也顺利克服了刚工作时的不适应，在专业素质上提高了，自信心也增强了，而且非常有继续学习不断提升自我的激情和动力。

目前处于实习状态的冯劭杰是肇庆工商职业技术学院的一位优秀学生，曾经获得国家级奖学金。他觉得目前的实习与自己原本对未来工作的期望非常吻合，在这样的企业实习不光能接触到自己专业的相关实际操作，是在校学习的一种重要的补充，而且实习生在顺达的工资待遇与正式员工一样，也减轻了家庭的负担，自己很愿意毕业后在此工作，家长也非常支持。

肇庆工商职业技术学院自办学以来，高度重视就业学子回访和校企合作深化。为进一步提升毕业生的就业层次和就业质量，开启毕业生和优质合作企业之间的“就业直通车”，通过举办校园专场招聘会，召开校企合作洽谈会，邀请名企进校参观等等多种渠道，逐步扩大校企合作范围，切实为毕业学子铺平就业大道。引领学子走上技能教育、技能就业、技能成才之路。

——2013 年 1 月 9 日“西江网”

详见：http：//xjrb. com/news_ view. asp？ id = 134284

学校老师发明车辆节能装置称能省油四成

一辆小小的玩具车，你能想到啥？在肇庆工商职业技术学院担任汽车专业老师的全冠学，就是在玩具车的启发下，发明了一款汽车节能减排装置并申请了国家专利，目前，国家知识产权局已受理了他的申请。

十年前，一种用人力轻轻一推就自动往前移动的玩具车启发了全冠学："不用油，不用电，车子居然也可前进，如果这种技术应用到机动车上，岂不是能节省不少资源？"

"玩具车中有一种名为'平面涡卷弹簧'的装置。这种弹簧，一克就可以拉动一百克的重量，我的发明就是发掘了它的威力。"全冠学这项名为"用制动效应吸收能量的汽车节能减排装置"直径约十厘米，长度如汽车消声器般。在汽车刹车时，弹簧就会收卷起来，而在汽车启动后，弹簧所释放的动力就能推动汽车前进。

全冠学表示，这款装置如果得以应用，将会安装在汽车底盘位置，绝不占用发动机舱的任何空间。"如果该技术能真正应用到汽车中，将能节约能源，同时减少 pm2.5 的排放。"经过全冠学的多次试验，他发现，该装置能让汽车在市区行驶时省油率达 40% 以上。在全冠学的国家专利申请文件中，该装置已实现了智能化控制。（作者：梁永辉）

——2013 年 4 月 19 日《肇庆都市报道》A5"社会"

详 见：http：//www. zq. net. cn/News/yaowen/2013 - 04 - 19/30166. html

肇庆工商学院茶文化实训基地挂牌

图为戴文跃（右）向田贵炳（左）授予“肇庆工商学院茶文化实训基地”牌匾。

图为戴文跃（右）为田贵炳（左）
颁发“肇庆工商学院外语系茶文化科名誉教授”聘书。

西湖龙井资讯平台 10 月 5 日讯：9 月 28 日下午，广东肇庆市工商职业技术学院在甲子泰武夷茶文化体验中心举行茶文化实训基地签约仪式。副院长戴文跃、宣传部部长韩治国、应用外语系主任刘希彦、工商管理系主任齐学栋、艺术系主任李春泰、应用外语系副主任周力非、应用外语系主任助理束杰；甲子泰茶文化体验中心董事长田贵炳、总经理刘小盖、茶艺师郭小敏等参加签约仪式。

仪式上，戴文跃向田贵炳授予“肇庆工商学院茶文化实训基地”牌匾，并为田贵炳颁发了“肇庆工商学院外语系茶文化科名誉教授”聘书，为郭小敏等三位茶艺师颁发了“肇庆工商学院外语系茶文化科名誉讲师”聘书。刘希彦与田贵炳代表双方签约。（韩治国）

——2013 年 10 月 5 日“西湖龙井资讯平台”

详见：http：//www.westlaketea.com/html/2013/10/05/140414.html

肇庆市哲学社会科学 2013 年度规划项目立项 肇庆工商学院 4 项获批

肇庆市哲学社会科学 2013 年度规划申报项目经邀请省市有关专家组织资格审查和初评、学科组会议复评等程序，并报请市社科规划领导小组批准，最近公布最后结果：全部立项 30 项，其中一般项目 8 项；青年项目 6 项；自筹项目 16 项。

肇庆市工商职业技术学院申报的项目有四项获批，分别是韩治国的一般项目《普及国学知识，构建幸福肇庆研究》；文川的青年项目《肇庆“两区引领两化”战略实施中的法治环境研究》；李春泰的自筹项目《粤桂合作特别试验区与新型城镇化发展研究》；蔡明招的自筹项目《“广府—华侨文化”研究—肇庆篇》。

——2013 年 10 月 22 日《中国高校之窗》

详见：http：//www. gx211. com/news/20131022/n4466161300. html

肇庆工商学院与肇庆惠翎婚纱摄影有限公司签约建立校企深度合作关系

本着“校企融合　深度合作　优势互补　互惠互赢”的合作宗旨，11 月 14 日上午，院长王元良代表学院与肇庆惠翎婚纱摄影有限公司（以下简称惠翎婚纱）董事长杨少谦签订了校企深度合作协议书。惠翎婚纱总经理周碧燕，艺术系副主任吴小风等参加了签约仪式。

合作内容包括惠翎婚纱投资在肇庆市工商职业技术学院大学生创业孵化中心建造308平方米的室内摄影棚，在今年年底建成，在公司专业人员的指导下，学生进行摄影实训，并作为国内外资深摄影师学术和经验交流，每天上午作为学生摄影课程教学专用。下一步惠翎婚纱投资在校园内建设国外动漫制作基地，为肇庆市工商职业技术学院相关专业学生建立“订单班”，定向培养相关专业学生。

肇庆惠翎婚纱摄影有限公司是一家中外合资公司，发展过程中，继承传统的同时也不断引进西方的先进理念，成为肇庆最新型的、最有时代特色的大型综合婚庆影艺公司。该公司于2011年强势登陆肇庆，其前身是香港股份有限公司肇庆分公司。

——2013年11月15日《中国高校之窗》

详见：http：//www. gx211. com/news/20131115/n2688165087. html

肇庆工商学院与中国联合网络通信有限公司肇庆市分公司签署合作协议

近日，肇庆市工商职业技术学院与中国联合网络通信有限公司肇庆市分公司在肇庆联通总公司签署战略合作协议，双方将结合各自的优势，重点在计算机网络通信、智慧校园应用平台开发等行业科技创新等领域进行校企之间的战略合作。学院院长王元良、副院长戴文跃、计算机应用技术系主任金传伟与中国联通肇庆市分公司总经理姚伟俦、副总经理朱伟强等20多人参加签约仪式。

签署仪式前，双方进行了座谈交流，介绍了双方开展战略合作有关事项，并就未来开展战略合作具体事宜进行了深入交流。王院长表示希望通过与肇庆联通的紧密合作，为联通、为社会培养更多优秀的人才。希望双方能整合校企资源，结合联通移动办公、信息化建等应用设共同创建“数字校园”。

本次战略合作协议的签署，标志着双方合作进入了一个新的阶段。双方将本着“优势互补、互惠互利、共同发展”的原则，在基础通信服务、移动信息化管理应用、产学研教育试点等领域全面深化战略合作，并建立密切的合作伙伴关系，充分发挥各自行业优势，共同促进双方的业务发展。以此次战略合作为契机，双方将进一步拓宽合作领域、丰富合作内容、实现校企合作共赢，推动肇庆工商职业技术学院信息化管理建设和科研水平迈上新的台阶。

——2013 年 11 月 20 日《中国高校之窗》

详见：http：//www. gx211. com/news/20131120/n2201165765. html

肇庆高新区、肇庆工商学院与长春理工大学合作共建

国家大学科技园肇庆分园挂牌

大洋网讯（广州日报记者 于敢勇 通讯员 韩治国）今天上午，肇庆高新技术产业开发区管理委员会、长春理工大学、肇庆工商学院三方共建国家大学科技园肇庆分园合作项目签约仪式暨揭幕仪式在肇庆高新区隆重举行。合作内容包括成立国家大学科技园肇庆分园有限公司，同时组建华南光电技术公共实验室，主要业务体现在提供公共技术支持、引进孵育科技企业、开展科技咨询服务、推进人才培养集聚。三方合作在于充分发挥肇庆高新区的产业、政策优势，长春理工大学的科研、人才优势，肇庆工商职业技术学院的平台、职业技能培训优势，共同建立产学研长期合作关系。待条件成熟时，创建长春理工大学研究生分院和长春理工大学肇庆分校，为广东经济转型产业升级培养高层次技术和管理人才。

为保证合作项目顺利进行，肇庆工商职业技术学院提供基础设施建设和配套资金500万元，肇庆高新技术产业开发区管理委员会将视科技园建设情况给予500万元资金资助，支持华南光电技术公共实验室建设。

长春理工大学是一所以光电技术为特色，光、机、电、算、材相结合为优势的教学研究型大学。学校1958年由中科院创办，著名科学家，中科院院士、中国工程院院士王大珩为主要创始人、第一任院长。学校先后隶属于中国科学院、国防科委、五机部、机械委、机电部、中国兵器工业总公司；1999年划转为以吉

林省管理为主，并与国防科工委共建；2002 年更名为长春理工大学；2004 年被确定为吉林省重点大学。现为吉林省、工业和信息化部、长春市共建院校；2012 年入选百所“中西部高校基础能力建设工程”院校，被誉为“光电领域里的一支尖兵”。

——2013 年 12 月 11 日“大洋网”

详见：http：//news. dayoo. com/news/201312/11/85080_ 33958997. htm

2014 年

“储备干部”岗位需求大

——省高校毕业生供需见面会肇庆专场举行

本报肇庆讯（记者于敢勇　通讯员冯峥、梁欢欢）昨日，由广东省教育厅主办的广东省高校毕业生供需见面会（肇庆专场）在肇庆工商职业技术学院西区篮球场举行。150 家珠三角以及云浮、清远等肇庆周边地区的企业参加选贤，提供了 1000 多个工作岗位，吸引了约 5000 人参加。

为了招收到合适的人才，各单位的招聘人员除了摆摊招聘外，还积极出击，对气质举止合“眼缘”但又犹豫不定的应聘者伸出橄榄枝。各企业除了招聘各类专业人士以外，还不分所学专业，招收数量众多的“储备干部”。

某大型物流公司的人事主管表示，刚开始不可能给毕业生很高的职位，但有能力有才华的优秀人才有机会从储备干部变成中高层干部，走上更高更重要的岗位。

——详见 2014 年 4 月 21 日《广州日报》“光明网”

详见：http：//gzdaily. dayoo. com/html/2014 - 04/21/content _ 2603568. htm

广东工商职业学院院长王元良出席 2012 级毕业生实习欢送仪式

紫荆树下，依依惜别；校巴站旁，师生情浓。沐浴着冬日暖阳，聆听着师长叮咛，11 月 17 日上午，广东工商职业学院工商管理系 2012 级工商管理、物流专业、电子商务、行政管理四个专业的 30 名学生暂时离开母校，赶赴唯品会佛山物流中心实习。

院长王元良到校巴站为实习生送行。王元良叮嘱同学们，要调整心态，转变角色，到了企业要尽快融汇企业文化，遵守企业规则，做一名守规守矩、表现优秀的员工。另外，王元良还特别告诫大家要做好示范，展示工商学院人的良好形象，为今后师弟师妹的实习就业做出榜样，让唯品会的领导员工信赖工商学院的学生，使得校企合作的果实越来越丰硕。

工商管理系主持日常工作的副主任邱立军、党支部书记刘曼、教研室主任邓振华、校企合作办的老师们赶来送行。

参加实习的学生表示，无论是现在的实习，还是以后的工作，都会为自己曾经是一名工商学院人而骄傲，也将倾尽全力，去延续肩负的使命，以真诚服务于自己的职业，赢得企业领导和同事的好评。(韩治国)

——2014 年 11 月 24 日《中国高校之窗》

详见：http：//www. gx211. com/news/20141124/n8378226884. html

广东工商职业学院代表队荣获“软件计算建筑与装饰工程量”第三名

11月22日，由全国高职高专教育土建类专业教学指导委员会工程管理类专业分委员会主办2014年全国高职院校“斯维尔杯”工程造价基本技能大赛在广西南宁举行，广东工商职业学院建筑工程系2012级工程造价专业彭绮媚和杨和植2名学生代表参赛，并获得“软件计算建筑与装饰工程量”第三名。

大赛历时一天，内容包括工程造价创新思维、手工计算工程量、软件计算工程量。来自全国20多个地区的63支代表队在本次比赛中，展示了运用工程造价理论知识和方法解决工程量计算实际问题的能力，充分表现了组织管理、团队协作、现场问题的分析与处理、工作效率、质量与成本控制、安全及文明生产等职业素养。

建筑工程系在团队组成后由龙福贵老师、谭金娥老师、卢珅老师对他们进行了专业的辅导与强化训练。代表队的同学凭借着扎实的基础知识和精湛的技术技能，从全国20个省市的63支代表队中脱颖而出，获得“软件计算建筑与装饰工程量”第三名，广东工商职业学院荣获“优秀院校组织奖”。（冼雪飞）

——2014年11月26日《中国高校之窗》

详见：http：//www. gx211. com/news/20141126/n1878227379. html

广东工商职业学院举办“我的创业历程”主题讲座

11月28日下午，广东工商职业学院为培养学生的创业理念和创新精神，提高学生的创业能力，科研处于行政楼一楼报告厅举办“我的创业历程”主题讲座。此次讲座特邀院10届物流专业毕业生暨广州市声普企业形象策划有限公司总经理陆俊铭先生为主讲人。我院副院长戴文跃主持了讲座，约120名在校学生及老师参加。

讲座初始，陆俊铭先生用粤语向在场人员表示问候。在讲座中，他首先介绍了自己公司和创业历程。随后，生动地跟我们讲述起大学打兼职和泰国之旅的经历，并强调这些经历为自己的创业打下基础。他说，吃亏是一种福气，懂得吃亏，懂得放下，相信自己，这是创业的关键。他建议在校大学生做事要有方向、目标、策划和冒险精神，平常小事积累经验，努力把握机遇并付诸行动。接着，他又向大家分享了创作简历等求职技巧。

最后，主持人戴文跃用一番真挚感悟为讲座做总结，讲座落下帷幕。(杨东明)

——2014年12月2日《中国高校之窗》

详见：http://www.gx211.com/news/2014122/n8095228625.html

2015 年

我市首届电商实战人才培训班开班

西江日报（记者　潘粤华）上周，我市首届电商实战人才培训班在广东工商职业学院开班，来自市政府、市商务局、市电子商务协会等嘉宾参与了开班仪式。

在为期 4 天的授课时间里，电商讲师为广东工商职业学院的 150 多名学生讲授了电子商务知识和介绍了行业前沿信息，内容包括淘宝天猫定位策略、网络视觉营销与差异化、流量有效转化及推广核实等。授课结束后，学生还在讲师指导下进行了实操。

培训班合办方市博文电子商务有限公司负责人表示，举办培训班有助于我市营造更好的电商氛围，为企业输送实战型电商人才，并帮助对电脑感兴趣的学习、业界人士建立更好的电商圈子。他表示，今后将继续定期开展此类培训。

——2015 年 1 月 20 日《西江日报》

详见：http：//xjrb. xjrb. com/xjrb/20150120/index. htm

肇庆首届电商沙龙之夜在工商学院举办

今日肇庆网讯　1 月 27 日晚，由肇庆市人民政府、肇庆市电子商务协会联合举办的首届“电商沙龙之夜”在广东工商职业学院举办。来自珠三角和香港的三十多位电商精英参加沙龙并与大家分享成功经验。

在两个多小时的互动中，来自中国移动、阿里巴巴、B2B、天域集团、肇庆邮政等企业的电商企业领军人物、实战行业精英、电商专家畅所欲言，分享电商经验、交流互动，就企业如何在电商热潮下转型和如何引进电商人才作了积极的提问和讨论分享。

在交流过程中，大家对肇庆市如何掀起电商热潮，政府应该发挥的作用方面也做了探讨，包括场地设施、交通、税收、物流、人才聚集等。肇庆市电商协会会长苏光介绍了目前肇庆电商开展情况与今后努力方向。

参加活动的企业人士认为，这样的活动让大家多了一个圈子来互相分享电商经验，对电商发展来说是一个好事，整合资源，一起发展。（韩治国）

——2015 年 1 月 28 日《今日肇庆》对外宣传网

详见：http：//www. zq. net. cn/News/zhNews/2015 - 01 - 28/46310. html

肇庆市 2015 年度社科规划项目立项广东工商职业学院 8 项榜上有名

6 月 23 日，市社科联下达了《肇庆市哲学社会科学 2015 年度规划项目立项通知书》，广东工商职业学院 8 项榜上有名。

获准立项的 8 项课题有 1 项一般项目，是张石锋主持的《肇庆市老龄化人口动态预测及养老对策研究》，批准号 15YB—07，资助资金 1 万元。另外 7 项为自筹资金项目，分别是班荣明主持的《肇庆市一村（社区）一法律顾问制度实证研究》，批准号15ZC—10；文川主持的《新常态下肇庆文明建设的法治化路径研究》，批准号15ZC—11；纪广月主持的《肇庆空气污染指数特征分析及对策研究》，批准号15ZC—12；邓振华主持的《肇庆家社园三方联动居家养老服务供应链运作研究》，批准号15ZC—13；韩治国主持的《如何开展优秀文化教育传播研究》批准号15ZC—22；谭分全主持的《体育产业与养老服务业融合模式与推进路径研究》，批准号15ZC—23；荀海鹏主持的《大众创业的新常态下肇庆创建创业型城市对策研究》批准号15ZC—24。(韩治国　梁欢欢)

——2015 年 5 月 26 日《中国高校之窗》

详见：http：//www. gx211. com/news/2015626/n9676276285. html

电商入驻肇庆高校实现双赢

大学生通过平台进行实战

几个学生围坐一起讨论如何将淘宝店上的产品推销出去，产品的定位、网站的设计、宣传的重点等都是学生们的话题。讨论结束后，学生按照自己负责的部分开始执行。近日，记者在广东工商职业学院的大学生创新创业实战基地看到这一幕。原来，学生从学习电子商务理论的课堂走进了电商企业，通过实操实战来了解电商企业的运营。

金威仕电子商务有限公司是肇庆一家网上贸易代理公司，目前运营两家淘宝店，分别经营电脑配件和不锈钢厨具，公司在5

月4日进驻工商学院的大学生创新创业实战基地，免费获得场地、设备。

据介绍，现有10多名大学生参与金威仕电子商务有限公司的淘宝店运营，他们分布在公司行政、推广、运营、美工设计、物流等部门。金威仕电子商务有限公司总经理徐士华认为，在肇庆本地难以招到从事电子商务的人才，现在公司进驻学校有利于整合资源，借助高校平台培养公司所需人才。

方树雄今年读大二，是工商学院电子商务专业学生，现在负责厨具淘宝专卖店的运营经营岗位。“读了一年多的电子商务理论知识都不懂淘宝是怎么运营的，感觉很迷茫，在这里我是从零开始学习，不过经过实践我觉得自己成长很快。”方树雄说，现在一个月不到我就学会了写工作计划，“报活动”等工作流程了。像方树雄一样选择全职参与进驻公司的大学生还有他的同班同学梁贵豪。梁贵豪告诉记者，通过真实平台实践让他们进步很快。

周少恒在公司内负责推广，他告诉记者最有成就感的就是通过自己的努力使得订单数量不断增多。据介绍，在他们学生的共同经营下，每天有30至40件订单。“刚开始很多东西要手把手去教他们，现在他们学习快一个月了，很多事情都上手了。”徐士华说。

“在电子商务人才培育过程中，发现传统的人才培育模式已经遇到瓶颈，电子商务毕业的学生不会做电子商务，只懂得一些理论上的东西。所以，学院开始考虑改变培育模式，让学生从实践出发。”广东工商职业学院副院长丁孝鹏告诉记者，学院邀请国内外在电子商务做得比较好的，有成熟的运营方式的公司进驻学校，为学生提供真正的实践机会，学生走出课堂，通过实战积累经验。据丁孝鹏介绍，现在已有来自广州、中山与本地的四家电子商务企业确定入驻。

丁孝鹏也说，大学生创新创业实战基地引入电子商务企业的进驻，以此培养学生实战经验的做法属于初步探索阶段，不太成熟，仍有很多环节需要完善，他表示，大学生创新创业实战基地的操作符合国家鼓励深化高等学校创新创业教育改革的方向。学生在开会讨论问题。(西江日报记者　邓静　实习生　岑龙基)

——2015 年 5 月 28 日《西江日报》A3“要闻”

详见：http：//xjrb. xjrb. com/xjrb/20150528/index. htm

大学教师发明汽车节能装置
司机大佬看过来“省油神器”有神奇

平时开车，遇到红灯刹车，转绿灯时再踩油门启动，车子却因这样走走停停而耗油。然而，广东工商学院汽车专业的全冠学老师却受玩具车启发，研发出一种节能装置：将汽车刹车时的惯性回收，在汽车再次启动时释放出来，减少能量损耗，达到节能减排的目的。

全冠学告诉记者：“玩具车里有一种发条，也叫涡卷弹簧，上发条时弹簧收紧，一放手弹簧松开，车子就能窜出很远，不用油也不用电。我当时就想，如果把这项技术应用到机动车上，岂不是能节省很多能源?”

在广东工商学院汽修车间里，全冠学拿出一辆重量为 250 克的玩具车，配上 2 克的涡卷弹簧，上紧发条后把玩具车放出去，玩具车果然自动行进了好几米。而全冠学研发的装置，则是要把这种涡卷弹簧的威力应用到机动车上。

记者看到，在实验车上，全冠学安装了各种制动装置，其中最关键的就是十余盘涡卷弹簧。“受限于经费，也为了改良方便，我把这个装置安装在车厢内，体积比较大，但是如果投入实际应用，采用高品质的材料，这个装置可以安装在车辆底盘消声器附近，体积也与消声器差不多大小，不会占用发动机舱的任何空间。”全冠学说。

记者与全冠学一起，在实验车上体验了这个节能装置的威力。全冠学启动车辆，行驶一定距离后轻点刹车，很快车辆停止了下来。随后他将双脚离开油门和刹车踏板，按动装置后，车辆在没有加油的情况下，自动向前行驶了数十米。此时全冠学再踏上油门，车辆再次正常行驶起来。

“一般车辆刹车的时候，都会损失动能，也就是人们常说的惯性，我利用这些涡卷弹簧，将这些惯性回收起来，转化成势能，大大减少了能量的损耗，在汽车再次加速时，则让涡卷弹簧松开，将势能释放出来，实现动能势能的循环转换，为汽车降低油耗。这个装置可以急刹，也可以慢刹，可以慢慢加速，也可以快速加速，储存起来的能量既可以单独使用，也可以与车辆本身的动力混合使用，非常方便。由于这个过程不是利用化学方式进行储能，因此能减少有害物质的排放，真正实现节能减排的效果。”全冠学说。

如今，全冠学研发的这种节能装置已经获得了6项国家专利，他也期望早日让这项技术应用于车辆生产当中，让更多的车辆实现节能减排的效果。（肇庆都市报记者　李展帮）

——2015年7月28日《肇庆都市报》

详见：西江网 http：//www. xjrb. com/2015/0728/272683. shtml

广东工商职业学院汽车维修专业的全冠学老师研发出节油神器

广州日报肇庆讯　在拥堵的城市街道上开车，频繁地刹车、启动不仅耗油，还排放出大量的PM2.5，污染空气环境，有什么神器能解决这个问题吗？广东工商职业学院汽车维修专业的全冠学老师研发出一种汽车“节油神器”，不仅能使汽车在起步、加速阶段节油75%以上，还能减少这一阶段汽车尾气排放的75%。这一发明成果对城市出租车、公交车和代步私家车的节油效果尤为明显。近日，这一发明已经获得国家专利。

全冠学说，这项发明的原理就是动能与势能的转换。将汽车在减速、刹车时的机械能（动能）通过发条（平面涡卷弹簧）进行高效率回收（回收率可达95%以上），再在汽车重新起步、加速的时候，将能量放出去（势能），能使汽车在怠速或较低的转速下就能加速前进。这是一个可以反复循环的过程，没有发生化学反应，是一个纯物理节能的过程。

为了让记者体验这一节能装置的效果，全冠学让记者和他一起，上了一辆实验车。只见全冠学启动车辆，行驶一定距离后轻点刹车，很快车辆停止了下来。随后他将双脚离开油门和刹车踏板，按动装置后，车辆在没有加油的情况下，自动向前行驶了20多米远。此时全冠学再踏上油门，车辆再次正常行驶起来。

“一般车辆刹车的时候，都会损失动能，也就是人们常说的惯性，我利用这些发条，也就是涡卷弹簧，将这些惯性能量回收起来，转化成势能。这个装置可以急刹，也可以慢刹，可以慢慢加速，也可以快速加速，储存起来的能量既可以单独使用，也可以与车辆本身的动力混合使用，非常方便。我做过实验，用20公斤重的发条作为推力，能产生至少100倍的推力，能使2吨的汽车前进30米远。”全冠学进一步解释说。

“节油神器”长啥样？这个神器的实验装置有2米长，100多公斤。据全冠学介绍，若采用高品质的材料，经过精密化、产业化制造，估计这台“节油神器”的长度可以缩至0.5～0.7米长，50公斤重甚至更轻。安装在底盘消声器附近，体积也与消声器差不多大小，不会占用发动机舱的任何空间。由于使用的都是普通的金属材料，造价也不会很贵。(记者于敢勇 报道)

——2015年9月5日《广州日报》B1珠三角版

详见：http：//gzdaily. dayoo. com/html/2015 - 09/05/content _ 3003032. htm？test = 1

广东工商学院专业建设寻求新突破

10月22日，经王寒里教授介绍，北京华航唯实机器人科技有限公司总经理罗红宇博士、项目部主任金峰莅临广东工商职业学院，帮助该院进行专业建设规划论证，并寻求合作办学。

来宾参观考察了学院大学科技园，考察了专业建设环境后进行座谈，具体商榷论证。

大家一致认为，专业建设是高校中最基本的工作，更是人才培养工作的基础，高等院校只有发挥自身特色、找准定位、恰当切入、科学布局、合理规划专业建设，才能发挥好专业建设对人才培养的作用，确保人才培养质量的提升。经过大家反复论证，初步确定在原来机电工程系与建筑工程系传统专业的基础上，建立智能制造学院，新增工业机器人、3D 打印与快速制造、精密加工三个专业，新增专业拟建立在学院大学科技园，充分利用科技园原有长春理工大学光电公共实验室设备和科研团队，利用科技园孵化器、创客空间、科研机构等条件，采用合作方式开展，培养高素质应用型、技术技能型、复合型人才。(韩治国)

——2015 年 10 月 29 日《肇庆教育》第二版“新闻版”

03

三、党建与学生管理回顾

2011 年

肇庆工商学院建成广东高校首个樱花园

阳春四月，百花绽放。记者今天（11 日）在肇庆工商职业技术学院龙山公园见到，上千株 3 米左右高的樱花灿然绽开，春色满园。据了解，该校是我省目前首家拥有樱花园的高校。

记者在学院看到，环绕着整个公园的樱花树一字排开，大部分已经蕾花簇拥，有的更是花开全树，花朵有粉红色和白色，如雪似霞，令人感到赏心悦目。据该校公共宣传部长韩治国介绍，樱花园目前共种有 1 千株樱花，以美化绿化校园。（出韩治国录音）“（樱花园）从去年开放以来，吸引了许多市民过来观看，这也成为打造中国最美丽的民办大学的一个举措。”

美丽的樱花吸引了许多摄影爱好者和游客纷纷慕名而来，争相拿起相机赏花留影。该校的学生也表示，樱花园为他们提供了更好的学习环境。（出学生录音）“使我们的学习环境更有益、更优化。”（记者　茹志祥报道）

——2011 年 4 月 12 日《肇庆广播电视网》

详见：http：//www.zqgd.net/ZqgdWeb/DisZqXwNews.html?newsId=2985

肇庆：千株樱花绽放繁盛似锦

大洋网讯（广州日报　记者　于敢勇　通讯员　韩治国、李文华　摄影报道）春到校园，美哉樱花。近几日，肇庆工商职业技术学院龙山公园内生机盎然，1000 株樱花竞相迎风绽放，吸引众多老师学生和市民争相观看。真是“若待上林花似锦，出门俱是看花人。”

师生们课余漫步花丛中，笑脸和春花一起飞扬，使这里成为校园内最美的景色。他们自豪地表示，在这样优美环境下工作学习，感觉很开心很幸福。

这些樱花大部分是粉红色，小部分是白色，它们开得妩媚、娇艳，繁盛似锦，但微风中一片片飘落的花瓣又不禁令人浮想联翩，感叹人生的短暂。

由于樱花代表热烈、纯洁和高尚，是爱情和生命的象征，所以深受世人的喜爱。樱花多数在 3 月下旬到 4 月中旬开花，一朵樱花从开花到凋零大约为 7 天，整棵樱花树从开花到全谢大约 16 天左右。

许多人都认为中国樱花来自日本，实为误讹。因为自古以来，中国也盛产婴花。唐代大诗人白居易曾诗云：“小园新种红樱树，闲浇花枝便当游。”

由于日本人喜爱樱花，很多地方种植樱花，致使日本樱花声名盖世，樱花才有了原生日本的假象。

——2011 年 4 月 15 日《广州日报》

详见：http：//www. dayoo. com/

2009 年度中国高校校报好新闻揭晓
肇庆工商学院 4 作品获奖

西江日报讯（记者黄锐庆）近日，2009 年度全国高校校报好新闻评选结果揭晓，肇庆工商学院选送的 4 项作品（言论类、消息类、通讯类、版面类）均获得三等奖。

由韩治国编辑的工商学院报 2009 年 3 月 6 日第一版获全国高校校报好新闻版面类三等奖；刘建威采写的《学生宿舍区党支部成立暨揭牌仪式隆重举行》获好新闻消息类三等奖；许哲如、唐奕珍采写的《爱如春雨浓润物细无声》获好新闻通讯类三等奖；唐奕珍发表的《美靠亮“装”?》获好新闻言论类三等奖。

——2011 年 4 月 21 日《西江日报》A2“要闻”

详见：xjrb. xjrb. net/xjrb/20110421/index. htm

工商学院《春到校园　美哉工商》校园摄影作品展览结束

近日，肇庆工商职业技术学院公共宣传部主办，摄影协会协办的《春到校园　美哉工商》校园摄影作品展览结束。

此次摄影展开学初开始筹划，准备了近两个月，五一前夕展出。展览收集了部分师生校园摄影作品，大部分为摄影协会学生的作品，作品占六个版面，分四大部分：中流击水动地诗——校园建筑风格；桃李含苞盈时雨——校园自然景观；花绽工商别样红——校园花卉成趣；杨柳随风掬春光——校园人文景观，从不同侧面反映了工商学院的魅力。其目的在于迎接建党90周年，活跃校园气氛，丰富同学们的课余生活，促进同学们对摄影文化的深一步了解，促进校园精神文明建设，更好地展现学院的校园美景。(韩治国)

——2011年5月27日《肇庆教育》第四版“职教版”

肇庆工商学院“南粤校园党旗红”系列活动圆满结束

西江网讯　由中共肇庆工商学院委员会主办，中共肇庆工商学院经济系支部委员会承办的“南粤校园党旗红主题演讲大赛”于4月29日下午在学生活动中心举行。

参加演讲总决赛的有五位学生和四位教师，魏尚荣、张迎新、杨青、韩治国、陈泳霞、卢景值等担当评委。学生结合自己的成长经历，教师联系教学和育人工作，忆往昔风雨兼程岁月如歌，看今朝九十华诞精彩诉说，赢得满堂掌声。特别是工商管理系施亚平的演讲，绘声绘色，有演唱，有肢体动作，有PPT做背景，把对党的深情表现得淋漓尽致。

演讲结束后，在场领导为“南粤校园党旗红”征文、书法、摄影、绘画获得奖次的教工组和学生组颁奖。

党委书记魏尚荣发表总结讲话。他说，为了隆重庆祝中国共产党成立90周年，我院党委在全院范围内开展了“南粤校园党旗红”系列活动，活动得到广大教职员工的大力支持，经各系部和各部门筛选，选送党委评选，今天有65位师生作品获得奖励，我代表党委对获奖者表示热烈祝贺。魏尚荣还简单回顾了中国共产党的发展历程以及在中国历史上所起的伟大作用，他还对中外

国情进行比较，讴歌了共产党的丰功伟绩。（通讯员　韩治国）

——2011 年 5 月 30 日《西江网》

详见：http：//www. xjrb. com/2011/0530/438929. html

工商学院志愿者走上街头“劝导文明”

本报讯　5 月 30 日，肇庆工商学院团委组织 40 余名志愿者参加由肇庆市精神文明建设委员会、共青团肇庆市委员会实施的文明劝导活动，亲身参与文明城市的创建。

早上八点，40 余名志愿者便早早地佩戴上志愿者绶带，戴好服务小红帽，在校巴站集合完毕，准备开始一天的志愿服务工作。根据活动安排，工商学院的青年志愿者被分派到端州五路与端州六路，开展包括劝阻行人及非机动车的交通违章行为、交通秩序劝导、城市文明宣传等内容的志愿服务活动。

在劝导现场，工商学院志愿者一手拿着文明宣传牌，一手拿着口哨，积极地对过往的行人进行文明宣传，同时对行人不文明行为，适时做出劝导。不少市民都能诚恳地接受劝导员的意见，或退回到停止线的后边，或者停止闯红灯等。

据悉，此次文明劝导活动是肇庆市积极创建全国文明城市，迎接全国城市公共文明指数测评活动的重要组成之一，该院团委以此次志愿服务活动为契机，积极引导本院学生真情服务百姓，主动承担社会责任。（肇庆工商职业技术学院）

——2011 年 6 月 11 日《肇庆教育报》第四版“职教版”

肇庆工商职业技术学院举办庆祝建党九十周年教职工文艺晚会

昨（16 日）晚，肇庆工商职业技术学院举办“我为党旗添光彩”庆祝建党九十周年教职工文艺晚会，广大教职员工载歌载舞，为党的九十华诞献礼。

整场晚会全部由该院教职工自编自演，晚会节目丰富多彩，全校师生员工的欢歌笑语在该校球场上空回荡，高潮迭起的节目从不同侧面回顾了共产党 90 年的风雨历程。

该院副董事长莫秀全在接受本台记者采访时说，举办这场晚会旨在歌颂党的光辉业绩，号召全体师生继承和发扬光荣革命传统，为建设幸福广东、幸福肇庆、幸福工商再铸新的辉煌。（出录音莫秀全）“我们唱响了红歌，唱响党歌，来歌颂我们祖国，歌颂我们的党，旨在引导我们的学生热爱我们祖国、热爱我们党，也增进了我们师生之间的互动和了解，也增进了我们教职员工团队精神。

记者　陈树佳　通讯员　韩治国报道

——2011 年 6 月 20 日《肇庆广播电视网》

详见：http：//www. zqgd. net/ZqgdWeb/DisZqXwNews. html? newsId = 3431

尊师重教弘扬传统美德

广发银行肇庆分行志愿者行庆日走进校园慰问教师普及金融知识

如何预防电话短信诈骗？真假币辨别有何窍门？青少年该养成哪些理财好习惯？9月8日，广发银行肇庆分行共青团的志愿者们走进肇庆市工商职业技术学院，向广大师生普及金融知识，并慰问一线教师，为他们送上节日的祝福。

走进校园宣传金融知识

据了解，9月8日是广发银行建行23周年纪念日，该行将纪念日确定为全行志愿者日，在全行范围内开展以“共燃希望月圆梦圆”为主题的“尊师重教”广发志愿者日活动。在当天的活动中，广发银行肇庆分行的团员们结合“普及金融知识万里行”系列活动——青少年金融理财教育月的要求，在校园内派发活动宣传单张，向师生提供真假币辨别、预防金融诈骗、正确识别非法金融和非法集资知识、反洗钱等咨询，并开设金融知识讲座和召开“尊师重教”座谈会，该行领导向优秀教师送上了中秋礼品。该项活动吸引了不少师生积极参与，活动得到一致好评。

走进百所学校弘扬尊师重教

据了解，广发银行向来有着尊师重教的传统。2008年，本着为贫困家庭孩子“点燃希望，照亮人生”的美好愿景，广发银行与中国青少年发展基金会联合成立了“广发希望慈善基金”。同年，广发银行推出第一张全国范围的银联标准慈善主题信用卡——“广发希望卡”，并获中国青少年发展基金会授予的“希望工程二十年杰出公益伙伴”荣誉称号。

广发银行已经连续4年开展“慈善行”活动，定期招募志愿者奔赴四川、贵州、云南等地探访贫困学生。今年，该行哈尔滨分行“广发圆梦助学基金”资助41位高考贫困生圆了大学梦。

有关负责人表示，此次“尊师重教”广发志愿者日活动，就是延续该行优良传统，围绕“人的发展”这一主题，全方位践行广发银行“提供卓越体验、创造更大价值”的使命。

当天，广发银行志愿者们走进50多个城市近百所学校，了解学校办学和教师工作生活存在的困难，为学校办实事、办好事；慰问辛勤奉献的教师，特别是贫困地区农村教师；关注贫困地区农村的学生，在学校师生中广泛宣传普及相关金融知识。

据悉，以后每年9月8日的广发银行行庆日，都为该行全行志愿者日，都将组织全行各分支机构员工开展“尊师重教”志愿者活动。

履行社会责任发挥示范作用

广发银行行长利明献表示，银行业不仅仅是资本和员工密集的行业，同时也是责任密集型行业。银行作为一个社会的金融枢纽，无数个家庭的资金向这里汇集，再通过银行为整个经济体系的运行供血。这就意味着，在追求利润的同时，它还要思考更多人的未来。银行要考虑如何通过信贷工具支持国家优化经广发银行肇庆分行的志愿者们为师生提供金融咨询。通讯员巢智敏摄济结构，让环保、节能、提高社区福利等有益社会的项目得到支持，让拥有创业精神却缺乏资金的中小企业得到更多养分。银行甚至要操心如何培育公众理性的理财观念，让老百姓和银行自己一样获得“可持续的成长”。银行在社会中有着引导和示范作用，对社会经济、政治和文化生活影响明显。在追求经济利益的同时，要将认真履行对社会及公众应该承担的责任和义务贯穿到银行经营管理的各个方面，坚持经济效益和社会效益的统一。

据了解，广发银行作为全国性的股份制商业银行，长期以来，在加快协调发展，积极拓展业务，为社会提供优质高效金融服务的同时，始终把成为优秀企业公民视为己任，热心参加社会各种公益活动，为社会公益事业做出了积极贡献。今年3月份，该行全面启动了银行社会责任履行项目，标志着该行把做优秀企业公民、履行企业社会责任的事业和理念，融入到了建设一流商业银行的企业战略之中，并将“责任”作为该行的核心价值观之一。今年6月，广发银行发布了首份社会责任报告，并将在今后每年定期发布。（西江日报记者　潘粤华　通讯员　巢智敏）

——2011年9月13日《西江日报》C1版“财富周刊”

详见：http：//epaper. xjrb. com/shtml/xjrb/20110913/162231. shtml

肇庆工商职业技术学院举行2011级新生军训总结大会

肇庆工商职业技术学院今天（30日）上午在该校西区篮球场举行2011级新生军训总结大会，3000多名2011级新生以饱满的热情和威武的军姿充分展示了当代大学生奋发向上的精神风貌。

该校相关负责人表示，通过军训进一步加强当代大学生的国防教育和爱国主义教育，锻炼90后学生的坚强意志和吃苦耐劳的精神。(出录音陈臻)“他们新生精神很值得鼓励，不管教官有提出要求，他们都坚持训练，让我对他们有一个改观吧，军训的教官呢带领同学很好地进行了军训，经常带他们拉歌呀、练歌呀，教官都挺照顾他们。”

参加军训的大一级学生小刘和小吴对记者说（出录音小刘）“觉得大家的辛苦都是值得的，那个精神面貌会比以前更加好，意志坚强了，流汗都不会流泪。”“很多时候人不逼下就不知道自己潜力有多大，在这里我要向我们的教官和当兵的士官们说声，你们辛苦了。”（记者叶永广、通讯员韩治国报道）

——2011 年 10 月 1 日《肇庆广播电视网》

详见：http：//www. zqgd. net/ZqgdWeb/DisZqXwNews. html? newsId = 4167

“清剿火患”进万家

西江日报讯（记者　高楠　通讯员　庞学海）今日是全国第 21 个“119 消防日”，11 月也是省第 6 个“119”消防宣传月。今日，肇庆市“119 消防安全宣传月”暨“清剿火患”进万家启动仪式在肇庆工商学院启动。

副市长李天、市政府秘书长莫优年等出席启动仪式。

当天下午，消防部门还组织开展消防宣传进学校、进家庭、进企业活动，由百余名肇庆工商学院学生和消防官兵组成的宣传志愿者先后去到恒裕海湾、星湖国际广场、昆庆集团等人员密集场所和火灾重点防范地区，向居民、工厂员工等发放消防安全知识宣传彩页，讲解日常防火知识，动员市民积极参与到“清剿火患”战役中。

——2011 年 11 月 9 日《西江日报》

详见：http：//www. xjrb. com/2011/1109/573955. html

工商学院举办“圣诞外教联谊会”

本报讯　12 月 21 日下午，肇庆工商学院“圣诞外教联谊会”在学院一楼会议室举行，院长陈烈强、副院长张石峰等院领导及各职能部门负责人一起参加了此次联谊会。

陈烈强首先祝 Sofia、Melrose、斋藤勇三位辛勤工作的外教老师圣诞快乐，并且感谢他们不远万里来到这里为我们传播知识。随后分别向 3 位外教老师赠送了圣诞礼物，3 位外教老师表示感谢。

最后在松涛宾馆举行圣诞庆祝晚宴，学院领导与外教老师举杯畅饮，共庆圣诞节。（工商学院）

——2011 年 12 月 30 日《肇庆教育》第四版“职教版”

2012 年

工商学院党委举办育人系列讲座

肇庆工商职业技术学院党委举办的“服务育人”讲座近日在学院开讲，150 多人聆听讲座。学院党委书记魏尚荣就人类学校的建立到教育事业的发展及知识传承、科学研究、服务社会、引领文化作等做了专题报告，讲座内容丰富、实在，受到学院广大教职员工热烈反应。这期讲座是肇庆工商职业技术学院教职员工的开篇之讲，讲座将继续不定期举办下去。(工商学院党委宣传部)

——2012 年 3 月 9 日《肇庆机关党建》网站

详见：http：//szgw. zhaoqing. gov. cn/lxdj/201203/t20120309_ 150252. html

工商学院积极组织学生参加“粤志愿，粤快乐，共建爱心肇庆”雷锋月活动

3 月 4 日上午，工商学院团委组织 100 名学生志愿者参加市文明办、市社工委办公室、市总工会、共青团肇庆市委、端州区文明办举办的“粤志愿，粤快乐，共建爱心肇庆”——肇庆市“弘扬雷锋精神，讲文明，做好人，开展志愿服务”活动。志愿者为广大群众提供了保健按摩、免费剪发、心理质询、免费照

相、免费修理自行车等服务，还表演了精彩的节目，受到了广大群众的好评。(肇庆工商学院党委办)

——2012 年 3 月 9 日《肇庆机关党建》网站

详见：http：//szgw. zhaoqing. gov. cn/lxdj/201203/t20120309_ 150252. html

工商学院与各民主党派共议学校发展大计

本报讯 3 月 1 日下午，肇庆工商学院行政大楼一楼会议室里暖意浓浓，院党委在此召开 2012 年统战工作座谈会，该院党委书记魏尚荣，常务副院长李玉春，副院长丁孝鹏、张石峰，院党委委员，副高以上职称教师，民盟、九三学社等民主党派同志出席。

这次座谈会的主要目的有两个：其一传达上级党委对统战工作的要求和期望；其二在于听取大家意见，对学院工作、党建工作献言献策。魏尚荣主持会议。他代表党委向参加会议的高级知识分子、民主党派同志表示感谢，感谢他们充分发挥民主监督、服务学院的作用，为推动学院各方面工作做出的积极贡献。他向各位与会同志传达了2 月 24 日全国政协《关于加强新形势下党外代表人士队伍建设的意见》电视电话会议精神，省教育厅关于“三爱一奉献”电话会议精神。结合学院现实，他从学院内涵建设、师资力量、校园稳定、招生工作、升本工程、人才培养、党建工作等方面谈了自己的看法。

李玉春在讲话中表示，今后要从多方面为高级知识分子创造条件，充分发挥专家、教授在学院发展过程中的作用。

与会同志畅所欲言，纷纷建言献策。大家表示：学院发展前景广阔，但也有困难存在，愿意全力支持学院工作，与学院风雨同舟、荣辱与共。同时，大家就党建工作、教育教学、专业建设等方面深入探讨，提出了颇具价值的见解。

丁孝鹏分析了今年的招生形势，展望学院美好未来，感谢大家一直以来的支持，希望大家继续关注今年的招生工作，为学院的持续稳定发展贡献力量。（韩治国）

——2012 年 3 月 14 日《肇庆教育》第四版“职教版”

工会组织女教职工观看《砚都风流》庆祝三八妇女节

3 月 8 日晚上，学院工会组织全院女教职工观看“岭南大舞台”《砚都风流》大型舞台剧，并发放节日补贴。

《砚都风流》大型舞台剧采用国内首创的 4D 巨幕立体投影、梦幻般的高科技声光电多媒体设备，配合真人舞台表演，演绎了肇庆这块土地上的风云变幻，让广大女教职工度过了一个快乐的节日夜晚。（韩治国）

——2012 年 3 月 16 日中国民教网

详见：http：//www. crhsi. com. cn/News/show/id/18848. html

他用歌声鼓励残疾儿童

轮椅歌手君子来肇演唱为残疾儿童募捐

本报讯（记者　李文华）3 月 9 日晚，“轮椅歌手”君子来到肇庆工商学院举行演唱会，并将师生为他捐助的 3800 多元赠给了肇庆的陈丹等4位残疾儿童，以及该院的3位贫困大学生。

身虽残但心揣歌星梦

君子原名肇恒君，1973年出生在辽宁省抚顺市偏僻山村，刚出生就患重症肌无力，双腿不能行走，双手也不能动弹。但天生一副好嗓子，极有音乐天赋，跟着收音机和录音机学会了许多歌曲。

1999年，君子在台湾残疾歌手郑智化的影响下来到北京，成为一名“北漂”歌手。

2002年6月，君子被北京广播电台《音乐与人生》栏目请进了演播室。随后，中央电视台《东方时空》的百姓故事栏目播出了君子专题片，使他成为名人。2005年5月，君子在唱片公司出版、发行了个人音乐专辑《因为有爱》。

全国巡演为残疾儿童捐款

2008年8月，他做出了一个重要决定：要到全国各地巡回演出，用演出募集的捐款资助当地残疾儿童、贫困大学生。

据了解，君子走遍了全国79个城市的大学，举办了100多场演唱会和演讲报告会。每到一个城市的大学巡演，院方都资助生活等费用。

据君子介绍，其每场演出都能募集三四千元捐款，100多场演出，共募集了40多万元捐款。他这些捐款一共资助了190多个残疾儿童、30多个贫困大学生。

——2012年3月12日《肇庆都市报》“A7”版

——2012年3月16日中国民教网

详见：http：//www. crhsi. com. cn/News/show/id/18848. html

肇庆青年社会组织培育示范基地揭牌

3月28日，“好社会·亲青汇”肇庆青年社会组织培育示范基地揭牌仪式在肇庆工商学院举行，团肇庆市委以此为平台大力培育青年社会组织参与社会建设，着力把共青团打造成枢纽型社会组织，促进团组织向社团化、群众化转型。

肇庆市委书记、市人大常委会主任徐萍华，市委副书记吴华钦会见出席活动的团省委书记、省青联主席曾颖如一行。曾颖如、吴华钦等为基地揭牌。

徐萍华在会见时说，省委高度重视培育社会组织，共青团组织要抓住机遇，发挥优势，利用网络等新的方式发展社会组织，在加强社会建设、创新社会管理中积极探索创新，充分发挥作用。年轻人是社会创新的主体，要在创新管理、创新发展中激发更大能量，做出更大贡献。

曾颖如表示，肇庆市依托高校，培育社会组织很有成效、很有特色，作为共青团组织一方面要发挥桥梁纽带作用，积极联系和引导社会组织参与社会建设，另一方面要继续培育社会组织参与社会自治，为经济社会发展做贡献。

曾颖如在揭幕仪式上作讲话，她说，推进共青团枢纽型社会组织建设要发展好原有的共青团建立的社会组织，建立培养孵化各类社会组织的机制。要把共青团从相对行政化、机关化向社团化、群众化转型。建立青年社会组织发展评估、激励机制，把共青团建设得更加开放包容，和社会组织形成伙伴、联动的关系。

吴华钦在讲话中强调，“亲青汇”的一个“亲”字，生动描绘了社会的和谐度、成熟度以及亲密度，我们对“好社会·亲青汇”的工作充满了期待。他说，要从社会建设大局明确共青团组织的定位，深刻认识打造枢纽型社会组织的重要性和紧迫性；要以建设青年社会组织培育示范基地为契机，统筹推进青年社会组织工作；以加强青年社会组织团建为途径，切实服务党建全覆盖；以促进工作落实为根本，提升青年社会组织工作的整体水平。

仪式上，有关企业、银行代表与学生创业代表签订合作协议。团市委还聘请肇庆学院、市民政局、西江日报社等单位领导为肇庆青年社会组织工作导师。

曾颖如一行还参观了工商学院大学生创业孵化中心。

——2012年3月30日《广东共青团》网站

详见：http：//www.gdcyl.org/Article/ShowArticle.asp？ArticleID=124859

“美在工商”肇庆工商职业技术学院首届樱花文化节隆重开幕

2012年4月12日下午，“美在工商”肇庆工商职业技术学院首届樱花文化节举行盛大开幕式。市政协、市文联、市社科联、市旅游局、市电视台的领导和肇庆工商职业技术学院董事长谢建平、副董事长莫秀全、院长陈烈强为樱花艺术节剪彩。来自广州电视台、南方电视台、佛山电视台、肇庆电视台的媒体朋友用镜头记录下这宏大的场面，来自西江日报、肇庆都市报、西江画报、市摄影协会和社会各界摄影爱好者把美丽的樱花定格，来自市书画协会和社会各界的书画家在樱花树下当场泼墨挥毫，助兴节日。

市政协副主席陈玉斌在开幕式上致辞。他说，肇庆工商学院的樱花园为肇庆市旅游城市再添一新景，成为肇庆旅游文化的一部分。美丽的樱花园既为工商学院广大师生提供了怡人的休息、读书场所，也为广大市民提供了观赏游览的景致。

肇庆工商职业技术学院董事长谢建平在致辞中说，近年来，学院种了1300株樱花，1万株桂花、1万株杜娟花。目前，校园处处绿树成荫，鸟语花香，山花烂漫。今天，我们值樱花盛开之时，举办首届樱花文化艺术节，旨在以花会友、以花会文、以花会艺，来自全省各地的文人墨客、摄影家们，将用你们最艺术的手、最精彩的镜头记载下美丽工商的点点滴滴，记载下艺术家们对美好生活的理解和追求。学院营造一个美丽的学习和生活环境，也是希望通过环境育人，用良好的文化氛围熏陶人，以达到建设和谐校园的目的，让人们在美丽的环境中感受美好的生活感悟美丽的人生。

开幕式上，陈烈强代表肇庆工商职业技术学院与市旅游局签订长期合作协议，资源互享，服务于肇庆市旅游大格局。（韩治国）

——2012年4月13日《中国高校之窗》

详见：http：//www. gx211. com/news/2012413/n263695594. html

樱花盛开免费开放　市民游客纷至沓来

春日里樱花灿烂。4 月 12 日，不少市民游客流连在肇庆工商职业技术学院龙山公园的烂漫樱花中。据了解，工商学院从 2010 年分两批引进栽种的 1300 多株樱花近日全部盛开，每天吸引数百名市民、游客前来观赏，该校师生每天漫步花丛更感开心幸福。该校免费向社会开放，成为市民、游客休闲游玩的又一好去处。

昨日下午，肇庆工商学院还举行了“美在工商”首届樱花文化节开幕式，邀请了市书法家协会的书画家们现场挥毫，为樱花节助兴。市政协副主席陈玉斌出席了开幕式。

——2012 年 4 月 13 日广东省旅游局网站

详见：http：//www. gdta. gov. cn/gzdt/dsdt/8506. html

肇庆工商学院月内将开展 20 项技能竞赛

用科技点缀生活　让文化丰富心灵　用行动实现梦想

今日肇庆网讯　5 月 9 日晚，肇庆工商职业技术学院第二届科技艺术节拉开帷幕。据了解，以“培养科技意识、展现专业技能”为主题的本届科技节，从今天开始至本月底结束，拟开展九个大类二十项竞赛，旨在通过系列专业技能大赛，提高重视对学生专业技能的培养，有效推动专业教学改革。

开幕式现场进行了英语主题演讲竞赛，学生大方得体的形象展示，流利通畅的口语表达，赢得观众阵阵掌声。

肇庆工商职业技术学院科技艺术节从去年开始举办。科技节融科技、文化、专业于一体，寓热爱科学，崇尚科学，兴科学之思想，倡科学之进步于其中，全院师生参与，活动形式包括竞赛、展览、宣传、创业论坛等。每届科技节活动历时二十多天，活动的开展涵盖了七系三十多个专业，为培养、提高学生的创新意识、专业水平、实践能力提供了广阔的舞台，使广大同学拥有了更多的展示才华、提高素质的天地。据悉，自去年科技节以来，学生在全国大学生企业经营管理沙盘模拟大赛、全国职业院校模具技能大赛、第二届全国大学生电子商务“创新、创意及创业”挑战赛广东赛区、广东省首届职业英语大赛、广东省高职院校英语口语大赛、广东省室内装饰设计职业技能大赛等活动中多人次获得一、二、三等奖。(作者：韩治国　编辑：李洪平)

——2012年5月10日《今日肇庆网》

详见：http：//www. zq. net. cn/News/zhNews/2012 - 05 - 10/7410. html

80后优秀女教师的一天

西江网讯　80后一代人在人们的热议中不知不觉长大了，开始步入社会，有的走上教书育人的三尺讲台。喜欢时尚的妆扮，在空余时间和学生聊QQ、发短信……80后的年轻老师，无论在形象上，还是与学生相处的方式上都有了极大的改变，无疑正给“教师”两个字做出新的注释。在第28个教师节到来这一天，记者走进肇庆工商职业技术学院，认识了一位优秀的80后美女教师费水蓉，希望通过她向广大网友展示全新的“80后”教师。

清早，费水蓉老师走在学校里。记者　郝蕊　摄

早上 8 点，费水蓉老师走在去上课的路上。眼前这位标准的 80 后老师，时尚又不失端庄的连衣裙，长长的卷发衬托出满月一般的脸，笑意盈盈，配上那双灵动的眼睛，更显得活泼开朗。一路上，不时有学生和她打招呼。

费水蓉老师在上课。郝蕊　摄

8点15分，正式开始上课，当天费老师为大三毕业班学生上《职业生涯规划》课，精心准备的教学课件，生动有趣的课堂设计，让每一个学生都兴致勃勃。作为一名民办大专院校的老师，她每天面对的是比自己小不了几岁的“90后”。对于这些学生，费老师说，现在的学生很有个性，又有自己的思想，必须把他们看做和自己平等的个体，尊重他们，才会让学生愿意听自己的课，喜欢听自己的课。

和学生互动。郝蕊　摄

9点半左右，第二节课上，费老师和学生就当堂的知识内容进行互动。课后，费老师告诉记者，其实当老师也并不容易，学生的素质在提高，教学难度也在不断加大，她每天思考最多的问题是如何把课上得生动，如何让学生在每一堂课内集中精力，更好地把学到的内容转化成自己的知识。

费水蓉老师在课余通过网络和学生交流。郝蕊　摄

下课后，费老师回到办公室，一边准备下节课的内容，一边上网通过 QQ 状态等了解学生的情况。她说，通过 QQ 了解到有个已经毕业的女生，因为就业遇到了挫折，心情很低落，她正想办法如何鼓励并帮助该女生理清思路，找出适合自己的道路。同时，费老师还说，现在年轻人喜欢在网络上倾诉、分享，自己就通过网络来了解他们。很多学生愿意在网络上和自己说心里话，这样也有助于自己能更好地管理和教育学生。

指导学生进行拓展训练。郝蕊　摄

下午，费老师设计了拓展训练，带着学生来到了学校的活动场地边，做起了名为“一路有你”的拓展游戏。该游戏规则为一名学生蒙住双眼，另一名学生帮助他走完一段狭窄的陡坡和台阶。

活动结束后与学生交流心得。郝蕊　摄

游戏结束后，学生们争先恐后地向费老师讲述自己的游戏感受。互助、协作、信任，学生们通过游戏，亲身感受到了老师想要教授的道理，记忆也更加深刻。

和学生在一起。郝蕊　摄

放学了，几个女孩子还是围着费老师，叽叽喳喳地说这说那。这些学生见到在一旁拍照的记者，纷纷开始赞扬自己的老师。她们说，费老师特别和蔼可亲，知识面也丰富，向她请教都能得到满意的答案，而且经常会有些教学新点子，通过生动有趣的教学来让学生掌握知识，大家特别喜欢这位“美女老师”。

费水蓉老师获得今年的“社会荣誉奖一等奖” 通讯员 韩治国 提供

今天是一年一度的教师节，晚上，费老师所在的学校召开庆祝大会，会上，费老师获得了“社会荣誉奖”。通过该校宣传部长韩老师，记者了解到，费老师于2005年9月进入肇庆工商职业技术学院，现任就业指导教研组的副主任，几年来，一直兢兢业业，认真负责的在自己的岗位上默默付出，在工作中狠抓教学质量，教学风格清新自然，深受学生好评。

去年，为了提高自己的专业素质，费老师在暑假还自费前往北京学习，获得国家礼仪培训师资格，在肇庆先后给多家单位进行礼仪培训，深受好评，做到了教学与实践的结合。任教几年，先后获得“先进德育工作者”、“优秀督导员”、“优秀教师”等称号，2012年获“教师教学技能创新竞赛”一等奖，大学生职业规划大赛指导一等奖。(记者 郝蕊 通讯员 韩治国)

——2012年9月10日“西江网”

详见：http：//xjrb. com/news_ view. asp? id = 127051

从扶贫到扶志

肇庆多条“绿色通道”助贫困大学新生完成学业成就梦想

【肇庆工商学院】

“爱心团”卖废品补助特困生

“白化病”女孩获11万捐助

在肇庆工商学院，每年进来的新生里面，“十个人有两个是贫困生”。该学院学生处处长、团委书记黎潇文介绍称，对于学院贫困生数量较多的现实情况，学校领导多次强调：“要尽最大力量，帮助更多的人，不让贫困学生因经济拮据而退学。”

该学院扩招以后，每年吸纳新生约4000多人，其中2成属于贫困学生。在国家资助政策的帮扶下，所有贫困学生都顺利进入学院报到就读。“如何解决贫困学生的吃饭问题”，“如何保证贫困学生顺利完成学业”等现实状况，成为学院工作的重要难题之一。

“我们的目标是：尽最大力量，帮助更多的人。”在接受采访时，该校学生处处长、团委书记黎潇文告诉记者，除了固有的多样资助体系，学院还积极探索其他帮扶模式，其中“师生捐款”和“爱心团废品买卖”是近年来两个比较成功的模式。

2010年3月，该校大二女学生小翠（化名）被诊断患有尿毒症，原本活泼靓丽的小姑娘被病魔折磨得憔悴不堪。而这场大病更是让她原本贫困的家庭陷入彷徨无助之中。学校领导获悉此事后，立即发出全校师生捐款的倡议。此举得到师生们的热烈响应，不久学校就募得捐款达11.3万元，为小翠的高额医药费解了燃眉之急。

据介绍，像上述师生捐款的情况已经成为该校的传统做法，每次捐款倡议都得到了师生们的支持和响应，在校园传为佳话。

除此之外，该学院在2006年时还成立一个名叫“爱心团”组织，成员有60人左右。每逢周三，爱心团成员们都会在校园内设点，专门收集废品，然后将盈利所得作为以后的爱心费用。这些费用主要对特困生的生活费用进行补助。（西江日报记者　周永龙）

——2012年9月26日《西江日报》B1版

详见：http：//www. xjrb. com/news_ view. asp？id＝127755

肇庆工商学院千名师生诵读《弟子规》

今日肇庆网讯　今天下午，肇庆工商学院隆重举行中华优秀传统文化教育——《弟子规》赠书仪式暨大型诵读活动。学生家长、广东新通达钢管厂有限公司董事长马汉荣先生向肇庆工商学院捐赠20000册《弟子规》和国学传统教育系列光碟。1000名师生手捧“弟子规”齐声诵读。肇庆工商学院副董事长莫秀全认为，本次活动极具历史意义和现实意义，既体现了学院各项关系的和谐发展，又推动了学院传统文化教育的向纵深发展。

据了解，肇庆工商学院建校以来一直秉承“重知识　更重能力　尤重品德”的校训，弘扬“海纳百川　坚韧执着”的办学精神，致力于培养新时代高素质技能型应用人才。早在三年前，学院董事会就决定在全院范围内开展中华优秀传统文化教育。利用寒暑假时间对中高层干部进行了多次培训学习，并为每位干部刻录了中华优秀传统文化教育光碟。从去年开始，学院把国学经典教育作为公共选修课并在11级新生中全面铺开，取得了很好的效果。今年以来，公共教学部编撰的《国学经典选读读本》已由北师大出版社出版，从1000多名11级学生论文中精选而成的《国学感悟——优秀国学论文集》也已经出版，12级新生本学期的相应课程也已经开课。

肇庆工商学院校园文化也到处充斥着国学的浓厚氛围。如把教学大楼分别命名“海纳”“百川”“坚韧”“执著”“厚德”“载物”“智慧”“信义”；饭堂为“家园”“明园”；还有“日月”湖、“葫芦”湖等，都有深刻的国学含义寓意其中。此外，国父孙中山先生铜像今年落户肇庆工商学院，樱花文化节成功举办等事件都具有特殊的意义。现在，行政大楼的LED屏的每天一句国学经典，广播站播出的“国学就在我们身边”，学院网站的“国学经典”特别栏目，“国学教育系列宣传牌”“国学教育系列宣传画”“国学教育系列宣传栏”都体现出国学已深入校园。

莫秀全表示，肇庆工商学院广泛开展国学优秀传统文化教育，目的就在于增强广大师生对国学文化的基本认知，增强大家的国家认同感、民族自豪感，为大家提供一个从中国优秀传统文化中汲取营养的知识平台，有利于大家从更广的角度、更深的层次上提高自身的人文素质。(作者：李洪平　韩治国)

——2012年10月22日《今日肇庆网》

详见：http：//zq. net. cn/News/yaowen/2012 - 10 - 22/19434. html

团市委学习贯彻党的十八大精神论坛在工商学院举办

11 月 15 日，来自我市各大中专院校的团委书记、学生干部代表共 500 多人齐聚肇庆工商学院中山公园，参加由团市委主办的青年学生学习贯彻十八大精神论坛，共同学习党的十八大精神，探讨如何贯彻落实十八大精神。

十八大报告指出，全党都要关注青年、关心青年、关爱青年，倾听青年心声，鼓励青年成长，支持青年创业。肇庆学院国际酒店管理专业的李冬昊表示很开心，认为很多大学生有创业的意愿，宁愿不当白领做首领，可创业是艰难的，希望能在技术、资金等方面对大学生创业给予扶持。据悉，从 2009 年起，团市委在全市开展以“全民创业，青年争先”为主题的青年就业创业行动，到目前为止，累计发放青年创业贷款 2300 多笔，合计 1.36 亿元。针对大学生创业资金、经验等方面不足，团市委在资金方面给予扶持。今年，团市委争取了团省委 20 万元贴息资金支持，联合邮储银行为大学生创业提供贷款。

为贯彻落实十八大精神，针对青年创业方面，团市委书记唐莹表示，接下来将强化保障支持青年就业创业，一是在创业贷款上提供支持。目前，将农村青年创业贷款最高额度提高到了 10 万元，未来一年团市委将发放贴息贷款支持 100 名农村创业青年创业，针对大学生创业，将加强与邮储银行合作，进一步简化流程，为大学生提供贴息贷款。二是完善青年就业创业基地建设。进一步加强“青年就业创业见习基地”对接工作，规范基地的建设与管理。三是为创业青年提供培训。

论坛上，市委党校经济教研室副主任刘红星对十八大报告进行了解读。出席论坛的领导嘉宾与学生互动交流，答疑解惑。青年学生纷纷表示，作为青年学生，学习贯彻十八大精神，最重要的是努力学好知识，在学习中不断提升自我，掌握更多知识本领，将来服务社会，报效祖国。

——2012 年 11 月 16 日《肇庆青年网》

详见：http：//www. zqcyl. cn/Web/ShowArticle. asp? ArticleID =3446

孔子“安家工商学院”

圣像首次落户肇庆校园

本报讯（记者李文华）12 月 13 日早上，一尊孔子雕像首次落户肇庆校园。肇庆工商职业技术学院为此举办了孔子圣像揭幕仪式。

这尊孔子圣像坐落在肇庆工商职业技术学院教学区，它用汉白玉石雕刻，有 2 米多高。雕像中的孔子栩栩如生，他慈眉善目，双手合十，仿佛在为众弟子传道解惑。

肇庆工商职业技术学院为了提升校园的文化品位，激励师生弘扬中华传统文化，时刻不忘孔子倡导的“恭、宽、信、敏、惠”的处世治学原则，并以此作为立人立业的基座，为国修业。

——2012 年 12 月 14 日《肇庆都市报》A4“时政”

十八大代表闫文静与工商学院师生分享参会的喜悦

今日肇庆网讯　“作为一个年轻人，能够参加讨论党和国家大事，我感到莫大的荣誉，也感到沉甸甸的责任……”今天下午，广东省出席十八大最年轻的代表、年仅26岁的闫文静一番话，在作为同龄人的肇庆工商学院学生中引起了赞叹和共鸣。

作为肇庆工商学院校企合作单位的中山市大洋电机股份有限公司，该公司的团总支书记闫文静是我省出席十八大最年轻的代表，也是我省唯一的农民工代表。她用短短的6年时间，从一名职校毕业生做到公司的高管，从“天天画图纸”的工科生到顺利接手行政管理工作，从一个来自北方的“异乡人”到逐渐融入中山市，再以外来工的身份成为广东省最年轻的全国党代会代表，这位1986年出生的姑娘，用踏实的每一步走出了自己的一片天。

在和肇庆工商学院师生的交流中，闫文静用大量的图片，加上自己生动的叙说，和同学们分享了参加十八大的喜悦和荣誉。也许是同龄人的视角更加容易引起共鸣，也许是这些在正式的媒体报道中难以见到的细节更吸引人，同学们都听得津津有味，不时发出会心的笑声和掌声，并且提出各种各样的问题，而闫文静也悉心地一一解答。（作者：李洪平　韩治国　彭建基摄影）

——2012年12月18日《今日肇庆网》

——详见：http：//zq. net. cn/News/yaowen/2012 - 12 - 19/22659. html

2013 年

全省高校形势与政策课备课会在工商学院举行

本报讯 3 月 8 日至 10 日，肇庆工商学院七星国际学术交流中心迎来了来自全省高校及中职学校参加形势与政策课备课会的 300 多位领导和老师，省形势与政策课基地承办的 2013 年春季全省高校及中职学校形势与政策课备课会在这里举行。肇庆工商学院党委书记魏尚荣带队，思政部老师代表参加会议。

省教育厅思政处副处长朱建华作了会议动员，对开展形势与政策课教学发表了意见。清华大学当代国际关系研究院副院长刘江永教授作了《中日关系中的钓鱼岛问题》主题报告，对当前国内比较关注的钓鱼岛问题作了深度剖析；华南农业大学经济管理学院副院长万俊毅教授系统阐述了城乡一体化与广东农村经济发展，报告内容富于地方特色，对广东大学生关注地方发展起到了引领作用。华南师范大学形势与政策课教研室主任唐昊副教授传达了北京备课会精神。教学基地特地选派了两位教师作教学观摩，并对下一步全省开展形势与政策课教学提供了现场指导。（韩治国）

——2013 年 3 月 28 日《肇庆教育》第四版“职教版”

——2013 年 3 月 12 日《西江网》

详见：http：//www. xjrb. com/news_ view. asp？ id = 137804

市领导到肇庆工商学院调研要求，加强党建保障科学发展

4 月 28 日，市委常委、组织部长黄建勋率队到肇庆工商职业技术学院，就民办高校党建工作进行专题调研。

黄建勋一行实地考察了学院图书馆、实训中心和创业孵化中心，肯定其自然人文氛围、办学理念和发展，并在座谈会上听取学校领导的办学情况和党建工作汇报。

针对民办高校的发展，黄建勋指出，一要坚持质量强校、特色兴校，坚持改革创新，提高办学质量，推动民办高校的科学发展；二要加强高校党建工作，明确定位，加强基层党组织的建设和管理，为其科学发展提供坚实的组织保障；三要加强高校教师队伍建设，为民办高校的发展提供有力的人才支持。

据了解，该院党组织于 2003 年 9 月筹建，曾先后被定为市“两新”党建示范点单位，被省教工委授予省高校先进基层党组织称号。目前全院共有党支部 16 个，党员共 1238 人。（记者　陈明红）

——2013 年 4 月 30 日“肇庆市人民政府网”

详见：http：//www. zhaoqing. gov. cn/jjzq2011/xwdt/zqyw/201304/t20130430_ 205430. html

肇庆工商学院党委与地方“两新”组织结对共建

西江日报讯（通讯员　韩治国）5 月 24 日上午，肇庆工商职

业技术学院党委与肇庆高新区非公有制经济组织和社会组织工作委员会、肇庆市宝信金属实业有限公司党支部“两新”组织共建单位揭牌仪式分别在肇庆高新区企工委和高新区宝信金属实业有限公司举行。

“两新”组织结对共建，充分发挥各自优势，将更加有利于共建单位党组织加强组织建设、理清发展思路、提供技术支持、咨询和信息服务、救助困难群体、开发就业岗位，开展党建具体工作。

——2013年5月27日《西江日报》A2“要闻．时评”

详见：http：//xjrb. xjrb. net/xjrb/20130527/index. htm

http：//www. zq. net. cn/News/zhNews/2013－05－27/32186. html

44所民校肇庆交流群众路线教育实践心得

大洋网讯（广州日报记者于敢勇　通讯员冯峥、梁欢欢）今天上午，全省民办高校党的群众路线教育实践活动工作交流会在肇庆举行。全省44所参加第二批党的群众路线教育实践活动的民办高校（含独立学院）的党委书记、党办主任、组织部长近百人齐聚广东工商职业学院。

会议总结了我省民办高校党的群众路线教育实践活动前段的情况，并研究部署下一步工作。

广东工商职业学院、北京师范大学珠海分校、广东白云学院、广州科技职业技术学院、广东岭南职业技术学院、中山大学新华学院、中山大学南方学院、惠州经济职业技术学院等8所高校代表在大会上做了交流发言后，参会院校代表又分成4个小组展开了更深层次的讨论。

——2014年5月28日“大洋网”

详见：http：//news. dayoo. com/guangzhou/201405/28/73437_36650508. htm

“为了母亲的微笑”感恩教育系列活动

6月19日晚上，肇庆工商学院联通杯第八届“为了母亲的微笑”演讲总决赛暨感恩教育系列活动表彰大会在肇庆工商学院西区篮球场隆重上演。

当晚，参加总决赛八位选手的演讲，声情并茂，令观众动容、家长落泪。活动中，还为《为了母亲的微笑》征文比赛、《给父母的一封信》征文比赛，感恩教育活动先进个人和优秀组织单位进行颁奖。

据悉，肇庆工商学院团委把感恩教育作为学生思想政治教育的切入点，“为了母亲的微笑”征文和演讲比赛已举办了八届，2008年获得团市委项目创新奖，2012年获得广东省教育厅校园文化建设优秀奖。今年团委增加了许多亮点：母亲节当天，开展“妈妈，我想对您说”视频采集活动；走进学生家庭，倾听父母心里话活动；“母亲（父亲）的微笑”相片征集活动；每个班“开一次感恩教育主题班会、唱一首感恩歌曲、看一场感人电影”活动；“我为母校做贡献”志愿者服务活动；“学生成长，我们齐努力”学生家长走进校园活动。其中，“为了母亲的微笑”演讲比赛从今年五月份启动，已经进行了98场分场演讲。

为了母亲的微笑，为了明天的收获，浓情五月，与爱同行。为父母洗一次脚，为父母捶一捶辛劳的脊背，给父母一个暖暖的拥抱，一句温馨的祝福，一脸感恩的笑脸，让我们记住天下父亲共同的生日！肇庆工商学院“为了母亲的微笑”演讲总决赛暨感恩教育系列活动在全场两千多人《感恩的心》手语表演中缓缓谢幕。(西江网)

——2013 年 6 月 21 日“中国文明网．肇庆”

详见：http：//zq. wenming. cn/xwzz/201306/t20130621_ 696926. shtml

肇庆工商学院昨日迎来约三千名新生

昨天（14 日）是肇庆工商学院 2013 年的新生报到日，该院迎来约三千名新生，整个校园一片热闹欢腾景象。

上午 11 点，记者在肇庆工商学院新生报到处看到，报到、注册队伍都排起了长龙，排队过程中不少新生已经开始跟新同学熟络起来。有新生表示，兴奋之余，想到要离开熟悉的环境独自生活，还是会有点紧张。新生刘敏灵：（刘敏灵）“（今天心情怎样?）有点兴奋又有点害怕，因为都是不认识的人。（对于以后大学生活有什么期待?）希望能够学好一点，想多参加一些大学的活动。”

记者发现，新生报到的过程中，一些家长始终陪伴在旁，和孩子一起报到、运行李、搬宿舍，虽然忙得大汗淋漓，却也不亦乐乎。学生家长：（家长）“心情很好，感到很高兴，希望他认真学习。”

肇庆工商学院党委副书记、副院长丁孝鹏对新生的到来表示欢迎，他希望通过学校的培养，学生们都能成为祖国的栋梁。（丁孝鹏）“我们工商学院 2013 年新生是 4660 人，到现在为止已经有约 1500 名学生注册。对这些 2013 年的新生来说，跨入大学是一个人生的分水岭，我们将以先进的教育理念，把他们培养成为对社会有用的人才。”（记者周虹 通讯员韩治国报道）

——2013 年 9 月 16 日“肇庆电台”

详 见：http://www.zqgd.net/ZqgdWeb/DisZqXwNews.html?newsId=8913

肇庆工商学院新生歌声中感受正能量

西江网讯（记者 郝蕊 通讯员 韩治国）9 月 25 日，为向大一新生传播“孝亲尊师·爱护万物·共荣共生”的中华传统美德，肇庆市工商职业技术学院特邀知名歌手顾凯在校举办演讲演唱专场，三千多新生现场感受传统道德文化熏陶。

顾凯，曾多次在歌唱比赛中获得冠军，曾经签约香港、韩国唱片公司，创作《全世界一起来》入围北京 2008 奥运会主题歌曲演唱会，在上海八万人体育场、北京人民大会堂独唱。2007 年开始，有感于当今太多男女爱情歌曲，便立志以后要以感恩、敬祖、孝亲、尊师、爱国、励志、奉献、环保、珍惜、快乐的题材来创作歌曲，称之为“和谐善歌”。2010 年开始，顾凯自己作词作曲演讲演唱的和谐善歌在祖国各地弘扬中华传统文化美德，至 2013 年 5 月共计 72 场演讲演唱会。

新生小王表示，升入大学是自己第一次离开家，也是自己成长的里程碑，在这个特殊时期开始的时候，听了这场演讲演唱会，让自己能够更深的体会父母之恩，更懂的爱惜自己。

肇庆工商职业技术学院的陈旭老师告诉记者，学校非常注重对学生的道德教育和心理健康教育，而对于新生，更会安排一些活动，让新生能够感受更多的正能量，树立正确的人生观价值观，这次的演唱会就是其中一项，用年轻人们喜闻乐见的形式接受教育。

——2013 年 9 月 25 日“西江网”

详见：http：//www. xjrb. com/2013/0925/167489. shtml#g167491 =1

2014 年

我委召开第二批群众路线教育实践活动工作交流会

5 月 28 日上午，省委教育工委实践办在广东工商职业学院召开全省民办高校党的群众路线教育实践活动工作交流会。全省 44 所参加第二批党的群众路线教育实践活动的民办高校（含独立学院）的党委书记、党办主任或组织部长，委厅第二批教育实践活动行业指导组正、副组长共计 100 余人参加会议。

会议总结了前一阶段各民办高校开展党的群众路线教育实践活动的特点和经验，研究分析了存在的不足，明确了下一阶段的工作任务。

会上，广东白云学院、广东岭南职业技术学院、广州科技职业技术学院、惠州经济职业技术学院、广东工商职业学院、北京师范大学珠海分校、中山大学新华学院、中山大学南方学院等 8 所高校作会议交流发言。

——2014 年 5 月 30 日广东省教育厅网站

详　见：http：//www.gdhed.edu.cn/business/htmlfiles/gdjyt/btxx/201405/476967.html

市人大评议调研组到学校开展调研

西江网讯（记者　陈丽玲）6 月 19 日，肇庆市人大评议调研组到端州城区学校开展视察调研活动，市委常委、组织部长黄建勋，市人大常委会副主任黄三和参加了调研。

调研组一行先后视察了在端州城区的肇庆市第一中学、端州区百花园实验幼儿园、百花园小学、广东工商职业学院，了解这些学校的办学特色，还听取了肇庆市和端州区近三年教育工作情况汇报。与会人员还就民办学校的发展，高中教育资源的整合等方面提出了意见和建议。

调研组肯定了我市教育工作者务实、勤奋、奉献的精神，推动教育改革发展，公办教育和民办教育欣欣向荣。同时希望端州区年底创建成为首个省推进教育现代化工作先进区，办成肇庆教育事业发展的龙头，为城区提供更多的优质学位。

据了解，我市有大中小学434所，学生总人数达74万多人。三年来，全市教育“创强”累计投入31亿元，如期实现省教育强县（市、区）100%覆盖目标。推进城乡义务教育均优质衡发展，全市义务教育规范化学校达到345所，覆盖率达到95.04%。实施了学前教育三年行动计划，基本解决了学前教育“入园难”问题。全市累计创建国家级改革发展示范学校2所，今年肇庆科技职业学院、肇庆工商职业学院分别更名为广东理工学院和广东工商职业学院成功升格为本科院校。

——2014年6月20日“西江网”

详　见：http://www.xjrb.com/2014/0619/212180.shtml#g212187=1

广东工商职业学院成立明德书院

学院董事长谢建平（右）向书院院长孙维义（左）授牌。

学院副董事长莫秀全（左）为明德讲堂授牌。

今日肇庆网讯　10 月 28 日下午，广东工商职业学院举行明德书院成立与授牌仪式，学院领导、思政部教师、全体学工人员一千多人参加。据悉，今天10月29日是广东工商职业学院十八周年校庆日，书院成立仪式是校庆系列活动之一。

该院把明德书院作为创新强校的重要教育创新平台，作为普及国学知识，弘扬国学文化，加强学生思想品德教育的传承载体。明德书院隶属学院党委领导，由学院宣传部、思政教学部、团委、国学教研室具体开展工作，包括中华传统文化教育研究、每日学生《国学经典名言集萃》十分钟早读、开办“明德大讲堂”、国学骨干培训班和学生骨干培训班、竞赛、征文、演讲等活动。

成立仪式上，举行了“明德书院”与“明德大讲堂”授牌仪式，千名师生向孔子像三鞠躬，共诵国学经典名言，气势恢宏，场面盛大。

广东工商职业学院一直以来重视中华传统文化教育，于2012成立了国学教研室，在每届新生第一学期开设国学经典选读课程，作为公共必修课，占两个学分。目前，国学研究所成立，国学研究课题已经省市专项立项三项，国学研究论文发表十余篇。《国学经典选读读本》已经连续三年由北师大出版社出版，学生论文集已出版两集。广播站播出“国学就在我们身边”，学院网站有“国学经典”特别栏目，“国学教育系列宣传牌”、“国学教育系列宣传画”、“国学教育系列宣传栏”校园内随处可见。最为重要的是，“学国学，见行动”，学生的行为习惯和道德修养在潜移默化地发生着变化。（作者　韩治国）

——2014年10月29日“今日肇庆网”

详见：http://www.zq.net.cn/News/zhNews/2014-10-29/43582.html

广东工商职业学院号召全院师生向毛泽东警卫员李连庆同志学习

今年年初，广东工商职业学院开展党的群众路线教育实践活动以来，组织学习了82岁回家乡创业的肇庆籍的毛泽东同志警卫员李连庆的事迹，要求大家以李连庆为活教材，树立全心全意为人民服务的思想，想师生所想，急师生所急；以李连庆为镜子，让党员干部发现自己的不足，自我对照，自我查找，自我改进；以李连庆为标准、作参照，通过来信、来访，随机走访，个别访谈，特别是利用微博、微信等新媒体拓宽经常性听取意见的渠道。

今年3月30日，该院党委书记一班人到云浮星耀畜牧有限公司参观，开展向一代伟人毛泽东主席的警卫员李连庆同志学习活动。11月26日，毛泽东警卫员李连庆应邀到该院与学生面对面交流，500多名学生欢聚学生活动中心，聆听教诲，接受革命传统教育。

学院党政近日发出向毛泽东警卫员李连庆同志学习的决定。要求大家学习李连庆同志高扬旗帜、爱党爱国的中华民族精神；学习李连庆同志全心全意为人民服务的坚定思想信念；学习李连庆同志淡泊名利、不计得失的无私奉献精神；学习李连庆同志遵纪守法、率先垂范的高尚道德情操；学习李连庆同志不卑不亢、乐观豁达的人生处事态度；学习李连庆同志人老志坚、白手起家的艰苦创业精神。

与此同时，号召各系部和职能部门要迅速行动起来，精心安排部署，开展主题宣传，务求学习实效。从实际出发，通过多种形式、多种途径，通过报刊、网络等渠道学习李连庆同志先进事迹，努力把学习活动引向深入、推向高潮。（韩治国）

——2014 年 12 月 23 日“青年人”

详见：http：//www. gx211. com/news/20141223/n4915233368. html

以特色教育为契机

——广东肇庆工商职业学院开展党的群众路线教育实践活动访谈

■本刊记者　李菊霞

通讯员　韩治国

在第二批开展党的群众路线教育实践活动阶段，《教育》旬刊记者就肇庆工商职业学院如何开展党的群众路线教育实践活动，采访了广东省教育厅督导专员、肇庆工商职业学院党委书记魏尚荣副教授。

合理部署，科学安排

《教育》旬刊：贵校作为广东省第二批深入开展党的群众路线教育实践活动单位，是如何部署和安排的？您认为在实际推进中应该如何做到“两手抓、两促进”？

魏尚荣：根据省、市委的统一部署，我院的教育实践活动从今年 2 月份开始，到 9 月份基本结束。开展教育实践活动要着力抓好三个环节：一要切实抓好学习教育，认真听取群众意见。时间安排在 2 月至 4 月进行。二要认真开好“两个会”，认真查摆问题、开展批评和自我批评。时间安排在 5 月至 6 月进行。学院领导班子要按照部署召开专题民主生活会；各支部要开好专题组织生活会。三要抓好整改落实、建章立制。时间安排在7月至8月进行。学院的领导、党员干部要坚持以强化正风肃纪、提高群众公信力为目标，重点针对党员干部作风方面的问题，提出解决对策，制定和落实整改方案；对一些突出问题，进行集中治理。

要做到“两手抓，两促进”，必须把开展活动与推进学院的发展结合起来。要充分看到，开展教育实践活动就是促进学院发展的契机。通过开展教育实践活动，切实把为师生服务、为社会服务的价值追求，植根于广大党员干部的思想和行动中。通过师生提、自己找、上级点、相互帮，发现作风上的问题和不足，从而改善和提高。

聚焦作风建设

《教育》旬刊：“四风”问题在贵校有哪些体现？您认为应该如何解决？

魏尚荣：我认为全院干部中不同形式、不同程度地存在工作作风不实、联系群众不紧、执行落实不力、自我约束不严等4个比较突出问题。个别党员干部具体集中表现为以下6个方面：一是信念模糊，党性淡薄，组织观念缺失，在群众中起不到先锋模范作用；二是学习不深，不注重知识更新和能力提升，沉溺于老经验、老做法，思路方法不适应当前教育改革发展；三是对待工作缺乏计划性、系统性、前瞻性，不深入系部，不了解师生实际，工作只重视开会布置而疏于监督检查落实；四是执行不力，敷衍马虎，有令不行，有禁不止，搞上有政策下有对策；五是遇事推诿，不敢直面矛盾问题，缺乏勇于担当、开拓进取的锐气和魄力；六是心浮气躁，急功近利，不遵循教育规律和政策法规，对待遇斤斤计较。

这些问题都会严重影响学院发展和教育工作者形象，因此，全院各级党组织从一开始就要带着问题抓学习、带着问题照镜子、带着问题搞剖析，把教育实践活动的主要任务聚焦到作风建设上，集中解决“四风”问题，彻底加以整改。

在解决“四风”问题时，要针对不同对象解决不同问题。在领导层面，主要是进一步提高对党建工作在民办高校地位作用的认识，对教育事业公益性的认识，更牢固地树立依法依规办学、科学稳步发展、尊重爱护群众的观念，端正对教职工的态度，扫除损害教职工利益的思想障碍、制度障碍；研究创新党建工作融入学校教书育人中心工作的载体与形式，进一步规范党建工作，优化教风、学风、校风。面向党员、干部和一般行政人员，要以增强服务意识、解决“庸、懒、散”问题、提高自身素质、改进工作作风为重点。对教师，要解决学术腐败、弄虚作假以及师德师风方面存在的问题。面向学生党员，要解决学不实、考风不正、模范作用差、集体主义观念不强等问题。

随着活动的不断深入，其他的突出作风问题也可能出现，我们要一条条梳理分析，让“四风”问题看得见、摸得着，让党员干部在思想上警醒起来，教育党员干部调好焦、聚好光，在行动上自觉起来，动真的，来实的，一项一项整改落实，坚决弘扬清风正气，争做立德树人的楷模。

创新性实践与做法

《教育》旬刊：在开展党的群众路线教育实践活动过程中，贵校有哪些创新性的做法？

魏尚荣：在规定学习的基础上，我院组织学习了 82 岁回家乡创业的肇庆籍的毛泽东同志警卫员李连庆的事迹，以李连庆为活教材，让大家树立全心全意为人民服务的思想，想师生所想，急师生所急；以李连庆为镜子，让党员干部发现自己的不足，自我对照，自我查找，自我改进；以李连庆为标准、作参照，通过来信、来访，随机走访，个别访谈，特别是利用微博、微信等新媒体拓宽经常性听取意见渠道。开展“四听四问”活动，听党员、教职员工、学生和党外人士的意见，问效、问怨、问症、问策，广泛征求各方面的意见和建议，统筹做好征求意见工作。

《教育》旬刊：近年来，贵校在服务基层发展、扶持地方建设方面开展了哪些活动？

魏尚荣：作为职业院校，我们学院参与粤桂合作特别试验区和西江经济带建设活动，并提供科研支持；巩固与中山市人社局及该市企业的合作，为企业提供决策咨询与人才支撑；扎根珠三角实习就业基地，把教学活动延伸到企业现场，增强学生的实践能力，拓宽了学生的就业渠道。团委继续开展“便民服务进社区”“三下乡”等活动。各系部通过各自的实习和就业基地大力开展各具特色的服务活动。

——2014 年第 11 期《教育》旬刊

详见：http：//wuxizazhi. cnki. net/Search/JYCH201411036. html

2015 年

春到工商　市民又一赏花景点

西江网讯（通讯员　韩治国）“桂子月中落，天香云外飘。”成片的桂花还未开败，红色的千里香，粉色的茶花，淡黄色的玉堂春，加上各色菊花、杜鹃，竞相开放，缀满工商校园，成为春节期间市民又一赏花景点。据不完全统计，从大年初一到初八，到此赏花的市民近万人。

进入广东工商职业学院校园仿佛坠入花海，赏花的、拍照的、坐在路边椅子上呼吸负离子的，这里仿佛成为肇庆第二个“北岭森林公园”。

据工商学院董事长谢建平介绍，该校每年投资上千万引进与培植花草树木，常年对市民免费开放。除了每年 5 月份的樱花节，四季都有鲜花开放。学校的道路、景点也以花草树木命名，紫荆大道、桂园路、黄槐路、桂花路、樱花园、杜鹃园……

——2015 年 2 月 28 日“西江网”

详见：http：//wenhua. xjrb. com/2015/0228/253763. shtml

广东工商职业学院师生向孙中山先生铜像敬献花篮

院领导代表全体师生敬献花篮。

今日肇庆网讯　适逢清明时节，4 月 1 日下午，广东工商职业学院董事会、学院领导和师生代表满怀崇敬之情，聚集该院中山公园中山先生铜像前，举行敬献花篮仪式，纪念中国民主革命的先行者孙中山先生，追忆他鞠躬尽瘁的光辉一生，缅怀他为民族复兴所做的丰功伟绩。

该院党委书记、统战部长魏尚荣在致辞时表示，类似的活动工商学院今后每年都要搞一次，他希望广大师生珍惜机缘，以孙中山先生为榜样，学习中山先生天下为公、博爱的精神，为实现中华民族的伟大复兴梦而努力奋斗。现场参加纪念活动的学生们表示，要以这次敬献花篮缅怀伟人为契机，大力弘扬优秀传统文化，建设和谐校园，共同创造工商学院更加美好的明天。

孙中山先生领导的辛亥革命，推翻了中国两千多年的封建帝制，开启了中华民族发展进步的历史新纪元。孙中山先生与广东有着深深的渊源，10 次反清起义 8 次选择广东，3 次在穗建立政权。在此期间，他多次来过肇庆，著名的风景旅游景区鼎湖山就有中山游泳处这样的景点。自 2012 年 6 月 13 日孙中山先生第 94 尊铜像落户工商学院，该院将原来的龙山公园更名为“中山公园”。（作者：李洪平　韩治国）

——2015 年 4 月 1 日“今日肇庆网”

详见：http：//www. zq. net. cn/News/zhNews/2015 – 04 – 01/47961. html

工商学院 1500 棵樱花盛开

西江日报讯（记者　陈明红　通讯员　韩治国　冯峥）清明小长假阳光明媚，赏花是不错的选择。在广东工商学院中山公园内，1500 棵樱花“含笑”盛开，如潮花海引来上万名市民及游客观赏。

走进公园，一棵 4 米高的樱花迎春绽放，朵朵粉蕊簇拥枝头。远处望去，山坡上花开有粉色有白色，粉的似霞，白的如雪，引来市民、学生争相拍照留念，更有市民选择在树下席地而坐，好不惬意。而部分树枝却“光秃秃”的，据介绍，由于樱花从北方引进，一些无法适应南方气候的樱花树便花枝零落。

有民谚曰“樱花七日”，称整棵樱树从开花到全谢大约16天。因此，学校相关负责人提醒，游客如想尽赏樱花绚烂之美，可选在本周内前来欣赏。

——2015年4月7日《西江日报》“要闻”A3版

详见：http：//xjrb.xjrb.com/xjrb/20150407/index.htm

首届“农信杯——美丽肇庆新景象”摄影大赛开镜

近两百名摄影师到工商学院赏樱花采风

西江网讯（记者 梁俏玲 通讯员 刘春林）4月12日，肇庆市摄影学会2015年会暨首届“农信杯——美丽肇庆新景象”摄影大赛开镜仪式在松涛宾馆举行。同日，近两百名摄影师还参加了“寻美广东工商职业学院”摄影比赛，到学院赏樱花采风。

据了解，由肇庆农村信用社（农村商业银行）冠名，广东省农村信用社联合社肇庆办事处、西江日报社、肇庆市摄影学会共同主办，肇庆市摄影学会承办的首届“农信杯——美丽肇庆新景象”摄影大赛，为配合我市开展“美丽肇庆、幸福家园”文明创建系列活动，旨在宣传和展示我市城乡建设的新发展、新风貌，尤其反映我市农村经济社会发展成果和农村信用社在支持“三农”、支持中小微企业和县域经济发展中所作出的突出贡献，进一步推动肇庆的科学发展和“两区引领两化”战略，促进肇庆摄影文化事业的发展。

肇庆农村信用社（农村商业银行）积极履行社会责任，多年来与社会各界、各部门、团体合作开展的各项公益活动取得了良好的社会效益。这次与肇庆市摄影学会合作开展“农信杯”美丽肇庆新景象摄影比赛，就是一次发现肇庆、宣传肇庆的善举。

当日，市摄影学会对年度“十佳会员”和年度“活力会员”进行了表彰。该会去年积极策划举办一系列摄影比赛和幻灯交流活动，为推进我市摄影创作的繁荣发展起到了积极作用。一年来，在西江日报社等有关单位大力支持下，该会举办了12个命题摄影比赛，收到了一万多幅来稿，参赛作者遍及十多个省市，还举办了“美摄无边湖天盛筵”摄影比赛、“端州风物”摄影大赛等多项赛事，在省内外摄影界取得了良好反响。

据悉，首届“农信杯——美丽肇庆新景象”摄影大赛分为“综合组”和“农信风采组”。“综合组”面向全社会征稿，设一等奖1名，奖金10000元；二等奖2名，奖金各3000元；三等奖5名，奖金各1000元；优秀奖50名，奖金各300元。“农信风采组”只接受肇庆农村信用社系统的干部员工投稿，设一等奖1名，奖金5000元；二等奖2名，奖金各2000元；三等奖3名，奖金各1000元；优秀奖20名，奖金各300元。比赛截稿时间为

2015年8月31日。

——2015年4月12日“西江网”

详见：http：//www. xjrb. com/2015/0412/259620. shtml#g259619 =1

肇庆首届消防知识竞赛在广东工商学院拉开帷幕

“这种新颖的打擂PK、以赛促学的形式，太有趣了，我们会把在比赛中学到的消防安全知识辐射到身边的每一位亲朋好友……”广东工商学院的一位陈同学惊喜地讲述着他在比赛中的收获。

原来4月初至5月中旬，肇庆支队联合市教育局、肇庆团市委、市供电局、中国移动肇庆分公司在广东理工学院、广东工商学院、广东金融学院、肇庆学院等4所高校，组织开展主题为“靓丽青春，平安相伴——消防安全助成长”校园消防安全知识竞赛活动。近日，比赛在广东工商学院拉开了帷幕。

赛前，支队与广东工商学院积极沟通，细致筹划了比赛的各项准备工作，并紧紧围绕活动主题，以消防安全知识、自防自救常识等为主要内容，精心设计了多种类型的题目。活动中，经过预赛脱颖而出的8支代表队（包括财会系、机电系、工商系、外语系、计算机系、经管系、艺术系、建筑系）参加了当天的比赛。比赛内容包括必答题、抢答题、风险题、实践题4部分。比赛开始后，进入必答题环节，参赛选手们沉着应战，赛场氛围慢慢加温，赛事更是扣人心弦。在抢答题环节，机电系的抢答器出现故障，但是队员们表现从容不迫，将比分遥遥领先。在风险题环节，各系代表队严阵以待，回答巧妙准确，得分不相上下。竞赛现场，各方队员严格遵守竞赛规则，精诚团结，奋勇争先，赢得了现场观众的阵阵喝彩。比赛还穿插了观众有奖问答、肇庆消防微信扫一扫环节，使现场气氛活跃热烈。经过多番 PK，最终机电系获得了冠军。

期间，支队樊瑞林副支队长对比赛进行了点评。他指出，一是比赛题目涉及面较广，参赛选手都能通过比赛更好地学习和掌握安全用火用电等知识；二是创新宣传模式，活动打破了以往灌输式的传统宣传方式，以大众喜闻乐见、以赛促学的形式开展；三是活动参与度高，广受好评，比赛结合高校师生思想活跃、创新意识强的特点，以点带面，最大限度激发了广大师生关注消防、学习消防、参与消防的热情。

近期，各高校正有序地开展初赛，通过初赛选拔出的选手将在 5 月份参加全市的总决赛。（作者：梁碧仪）

——2015 年 4 月 29 日“中国消防在线”

详见：http：//119. china. com. cn/shyxf/txt/2015 - 04/29/content_ 7871396. htm

“北燕南鸣”走进工商学院

西江日报讯（记者　张苑卉）昨晚，广东工商职业学院举行了爱国主义电影《北雁南鸣》进校园启动仪式，推动我市“创文”以及校园爱国主义教育。

昨晚，该院学生集聚操场观看爱国主义电影《北雁南鸣》，这是该影片在校园推广的首站。据悉，制片人将不定时送该片进我市各大中专院校校园，为在校学生提供爱国主义教育素材。而广东工商职业学院不少学生曾参与到该影片的拍摄中，在电影中担当演员，这也是首站选在该校的原因之一。

据悉，电影《北燕南鸣》主要讲述肇庆解放初期女共产党员的传奇故事，是一部肇庆本土素材、本土编剧、本土拍摄的红色主旋律电影。该影片由我是作家李粤庆、叶沃森担任编剧，在端州、鼎湖、封开、四会、高要等地摄取了大量镜头，融入了肇庆本地的革命斗争故事、风土人情和资源特色，挖掘和展示了肇庆历史文化名城深厚的文化底蕴和丰厚的人文内涵。

——2015 年 5 月 14 日《西江日报》A3“要闻版”

详见：http：//xjrb. xjrb. com/xjrb/20150514/index. htm

校园消防安全知识竞赛总决赛落幕

5 月 21 日，“肇庆市‘供电杯’校园消防安全知识竞赛”总决赛在市图书馆一楼多功能报告厅完美落幕。肇庆学院队获得第一名，广东工商职业学院队获得第二名。

据悉，进入总决赛的 4 支队伍分别是广东工商职业学院队、广东金融学院肇庆校区队、广东理工学院队和肇庆学院队，每个参赛队各派出 4 名选手。

经过激烈的角逐，肇庆学院队以 320 分获得第一名、广东工商职业学院队以 315 分获得第二名。广东金融学院肇庆校区队、广东理工学院队分获得第三四名。（实习生　黄有剑）

——2015 年 5 月 23 日“肇庆市人民政府”网站

详见：http：//zhaoqing. gov. cn/jjzq2011/xwdt/zqyw/201505/

t20150523_ 286266. html

广东工商学院25位退伍战士复学

今日肇庆网讯 11月4日下午，广东工商职业学院举行座谈会，欢迎今年从部队复员后回校复学的退伍战士。据了解，该校今年退伍复学的学生有25人之多，创下了我市单所高校年度退伍复学人数的新纪录。

广东工商职业学院今年退伍复学的这25位（23男、2女）复员老兵，都是2011年以后陆续从该学院参军入伍的学生，服役的部队涵盖了海陆空三军和武警部队。在部队期间，他们遵纪守法，刻苦训练，积极工作，努力投身到部队大熔炉中锻炼自己，使自身的身体素质和思想观念都有了很大的提升与转变，很多人都被评为“优秀士兵”和受到嘉奖，有的人还立了三等功。回顾在部队的艰苦生活，他们都异口同声说：人说“当兵会后悔两年，不当兵会后悔一辈子”，可是我觉得，我一辈子都不后悔当了这两年兵！

回到学院复学以后，他们从新拿起丢下两年多的课本，决心尽快把思想和行动从军人转回学生，努力学习文化和科学知识。学院领导也亲切鼓励他们：尽快安下心来投入学习，有什么困难和疑问及时向辅导员和领导反映，学院一定努力帮你们解决。（作者：彭建基　摄影报道）

——2015年11月5日《今日肇庆》对外宣传政府网

详见：http：//www. zq. net. cn/News/yaowen/2015 – 11 – 05/52058. html

广东工商职业学院宣传工作总结大会暨记者站15周年生日晚会圆满结束

12月4日晚，学生活动中心灯火璀璨、热闹非凡，2015年宣传工作总结大会暨记者站15周年生日庆典晚会在此举行。广东工商职业学院宣传部部长、记者站站长韩治国，宣传部老师梁欢欢、冯峥、陈凯明，日籍教师广濑真知子，肇庆学院、广东理工学院、肇庆医学高等专科学校学生记者代表以及广东工商职业学院各机构、组织、协会代表。

大会上，韩治国对2015年度的宣传工作做了总结回顾。他向大家介绍了学院目前的最新发展情况，由此引申出做好宣传工作，是为了帮助师生、社会人士更好地了解学院的发展情况。他谈到，新时代的宣传工作要利用好互联网，做好网站建设工作，有效地传播学院新闻动态。他特别强调，大家在新媒体上要慎言，要积极传播正能量。

随后，韩治国为2015年度宣传工作表现突出的10名老师，3名学生颁发“优秀通讯员”荣誉证书。冯峥及党委办公室陈泳霞老师为17名优秀学生记者进行表彰。梁欢欢、陈凯明为记者站14级副站长和各部门部长颁发聘书。记者站两位14级副站长为记者站15级记者佩戴记者证。

宣传大会过后，记者站生日晚会正式开始。古筝协会的表演拉开了晚会的序幕。婉转低沉的琴音，如靡靡之音，回响天际，似细雨打芭蕉，将观众带入了古风韵味中。接着，记者站表演的民族舞《青花瓷》舞姿柔婉袅娜，如仙鹤展翅，如柳枝拂水。随后的游戏环节让全场气氛高涨，校内校外同学一家亲，大家争先恐后地上台参与游戏。最后，院记者站表演的小品《我要当记者》让人捧腹大笑，其中朗诵的《记者赋》让人更了解记者的敢为人先，实事求是。

在生日蛋糕的温馨的烛光里，记者站15周年生日晚会缓缓拉下帷幕。（通讯员：陈海湾　江振华　郭晓河　林子杰　罗振旺　梁欢欢）

——2015年12月8日“中国高校之窗”

详见：http：//www. gx211. com/news/2015128/n2302322514. html

全市社会组织党的建设工作座谈会召开
突出重点　集中力量　攻坚克难

西江日报讯　12月10日，我市在广东工商职业学院学院召开全市社会组织党建工作座谈会，深入学习贯彻党的十八届五中全会以及省委、市委全会精神，深入学习习近平总书记系列重要讲话精神，特别是关于加强社会组织党建工作的重要指示精神，贯彻落实中央、省委的有关部署要求，总结我市社会组织党建工作经验，研究部署当前和今后一个时期社会组织党建工作。市委常委、组织部长张元醒出席会议并作讲话。

会议要求，各级党委要按照中央《关于加强社会组织党的建设工作的意见（试行）》规定，切实抓好社会组织党建各项重点任务的落实，突出政治核心、明确基本职责，抓牢“两支队伍”、发挥关键作用，持续推进“两个覆盖”、注重扩面提质，坚持分类推进、抓好示范引领等重点工作任务，同时要认真学习有关文件，落实工作责任，强化基础保障，抓好督促落实，切实加强社会组织党建工作的领导。

会议强调，当前和今后一个时期，我市社会组织党建工作的目标任务是，实现党组织政治核心作用得到有效发挥，党员干部队伍建设得到明显加强，党的组织和工作覆盖率在巩固基础上有新提高，社会组织党建工作水平得到整体提升。各级党委必须认真贯彻落实中央、省委和市委的部署要求，突出重点，集中力量，攻坚克难，全面落实社会组织党建工作各项任务，努力开创我市社会组织党建工作新局面。（作者：记者　谢江涛　通讯员　赵祖轩）

——2015 年 12 月 11 日《西江日报》“肇庆市人民政府”网站

详见：http：//www. zhaoqing. gov. cn/xwzx/zqyw/201512/t20151211_ 359144. html

星湖时尚歌舞季启幕　肇庆学子歌舞颂青春

西江日报讯　12 月 11 日晚，由肇庆市文化广电新闻出版局、共青团肇庆市委员会联合主办，肇庆市文化馆承办的星湖时尚歌舞季（大中专院校专场）展演活动在城区牌坊广场拉开序幕。

本次活动以“中国梦 · 我的梦”为主题，随着舞蹈《万物生》的生动展开，来自肇庆学院、肇庆医学高等专科学校、肇庆中学、肇庆市经贸中等职业学校、广东工商职业学院等 9 所学校的师生陆续为群众献上精彩的歌舞表演，集合了藏、蒙、壮、维、彝族等十数个少数民族的音乐舞蹈元素。肇庆市南国艺术中等职业学校的学子挥洒自如，以舞蹈《藏女青春中国梦》诉说学生们的中国梦。肇庆中学36名学生以热情的维族舞蹈《夏地亚纳》展现青春的激情与美好。

据了解，作为“百团荟萃竞风流——肇庆广场群众文化活动风采巡礼”系列活动之一，此次展演活动活跃了我市大中专院校的校园艺术氛围，丰富了市民群众生活。（记者　金婧　通讯员　武谦）

——2015年12月12日《西江日报》A1版

详见：http：//www. xjrb. com/2015/1212/289683. shtml？ mobile

广东工商职业学院学子在第二届“卡西欧杯”日语演讲比赛中荣获佳绩

12月12日，在广州举行了由广州留东同学会主办、广州铁路职业技术学院承办的“留东·卡西欧杯”第二届广东省高职高专日语演讲比赛。参加此次比赛的29名选手来自广东省内14所高职院校。广东工商职业学院外语系商务日语专业的14级李丽敏同学、13级袁薛雁同学分别荣获了二等奖与优秀奖，指导老师是日语教研室主任苗德厚，文秘教研室主任马莹妮，日籍教师广濑真知子。

比赛的题目是「私の好きなことわざ」（《我喜欢的谚语》）和「中国人の日本への観光ブームに対する私見」（《中国人对去日本旅游热潮的看法》），学子们通过此次比赛，进一步加深了对中日交流文化的理解和加强了继续努力学好日语的决心。（通讯

员：马莹妮 陈凯明)

——2015 年 12 月 15 日“中国高校之窗”

详见：http：//www.gx211.com/news/20151215/n9053324655.html

19 岁大学生当“飞行员”8 年

热衷组装、遥控航拍无人机 称“玩的就是心跳”

梁培毅是广东工商职业学院 15 级计算机应用系新生，他遥控指挥的是一架航拍无人机。别看梁培毅年仅 19 岁，他玩航模、航拍无人机已有 8 年。

自幼玩航模飞机

2007 年，自幼喜欢飞机的梁培毅缠着父母买了一架航模直升飞机，玩了 4 年航模直升飞机后，他觉得“太‘小儿科’，也玩腻了，2011 年开始玩固定翼航模飞机。”

固定翼航模飞机跟蓝天上飞翔的客机、运输机一样，需要滑行跑道，对梁培毅这样的操作者提出较高的技术要求，“必须熟练掌握固定翼航模飞机起飞的滑行距离，还有降落时准确对准跑道的技术要领。”

梁培毅利用课余时间，在郊区还未打通的水泥路上练习驾驶固定翼航模飞机，将飞行技术练得炉火纯青。

自己组装鼓捣无人机

2013 年，全国的航模发烧友玩起航拍无人机。当时还是高中二年级学生的梁培毅通过上网了解发现，“航拍无人机可以在120米以下的低空飞行，飞行距离可以超过1公里，操作者可以通过遥控器指挥无人机飞行、航拍录像和照片。”

这年暑假，梁培毅通过自学，掌握了组装航拍无人机的技术，“花了1000多元组装了一架低配置的航拍无人机。”梁培毅用这架航拍无人机练手，在熟练掌握驾驭航拍无人机的技术后，今年8月份暑假期间，他又花费3000多元，组装了一架较高配置的航拍无人机。

不过，8月15日，他遥控指挥这架航拍无人机飞往高山中，“就再也找不到它的踪影。”今年9月中旬，梁培毅来到广东工商职业学院读书以后，又花费3000多元，“用国产的零件组装了一架航拍无人机。”从此以后，梁培毅每周至少要三次鼓捣这架航拍无人机，“过一过飞行航拍的瘾。”

为学校航拍全貌及校运会

广东工商职业学院宣传部部长韩治国发现梁培毅玩航拍无人机，“他玩得挺熟练，今年11月中旬，我们学院举办校运会，专门请他航拍了学院全貌和校运会。”学校的肯定好像给梁培毅打了一剂兴奋剂。12月7日，他网购了一批设备，改装、升级了自己的无人机，并于12月11日在广东工商职业学院运动场进行试航，结果很成功。

当天下午，记者看到，梁培毅熟练操控着遥控器，指挥着一架航拍无人机展示起飞、升空、盘旋、飞行等动作，他通过遥控器上的显示器，可以清晰地看到地面上的景物，并对景物进行拉近和推远，有选择性地进行录像或照相。梁培毅还在自己的手机上下载了一个软件，“我只要在手机上设定航线，无人机就会按设定的航线飞回来。我只要打开手机的航拍无人机软件，我的手机在什么位置，无人机就在附近位置，再也不会出现失联现象。”

组装航拍无人机很烧钱，梁培毅家境并不宽裕，他不得不省吃俭用。对此，他一点都不后悔，“航拍无人机可以让我俯瞰大地，让我有一种快乐。”（作者：记者 李文华 实习记者 谢彤欣）

——2015 年 12 月 16 日《肇庆都市报道》A04 版、“西江网”

详见：http：//zq. net. cn/News/zhNews/2015 - 12 - 16/52778. html

广东工商职业学院开展宿管员技能考核

12 月 15 日广东工商职业学院在行政楼一楼开展宿管员技能考核。学生处处长卢景值、副处长陈旭，学生处指导老师赖汉深、刘伟东，宿管中心主任林文辉以及各系学工领导和 25 名学院宿管人员参会。

此次技能测试分为笔试和面试两部分。笔试环节历时 15 分钟，考察各宿管员的书面表达能力和对待宿舍问题的看法。笔试过后马上进行个人面试环节。提问问题对宿舍的违规电器，宿舍是否存在安全隐患最为关注。各宿管员都结合平时工作的经验做法进行详细回答。

考核环节结束后，卢景值在讲话中期望通过此次活动，让宿管员的总体素质得到提高，使宿舍管理更切合广大学生，最大限度地减少安全隐患。宿管员们纷纷表示，宿舍员是学校和学生在校园生活问题上沟通的桥梁，他们会积极了解学生在宿舍的生活

状况，为校园安全稳定贡献一分力量。（通讯员：林煜斌　蔡诗怡　林思帆　陈伟诚　梁欢欢）

——2015 年 12 月 17 日“中国高校之窗”

详见：http：//www. gx211. com/news/20151217/n0913325517. html